家庭教師は知っている

青柳碧人

集英社文庫

目次

鳥籠のある家　7
逆さ面の家　59
祖母の多い家　107
蠅の飛ぶ家　159
雪だるまのあった家　213
エピローグ　275
解説　岡崎琢磨　285

家庭教師は知っている

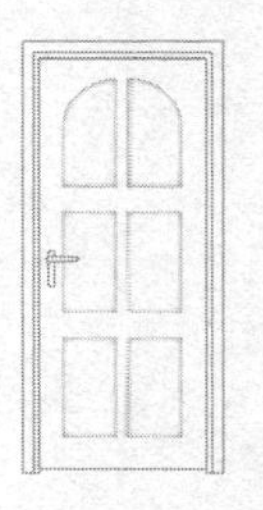

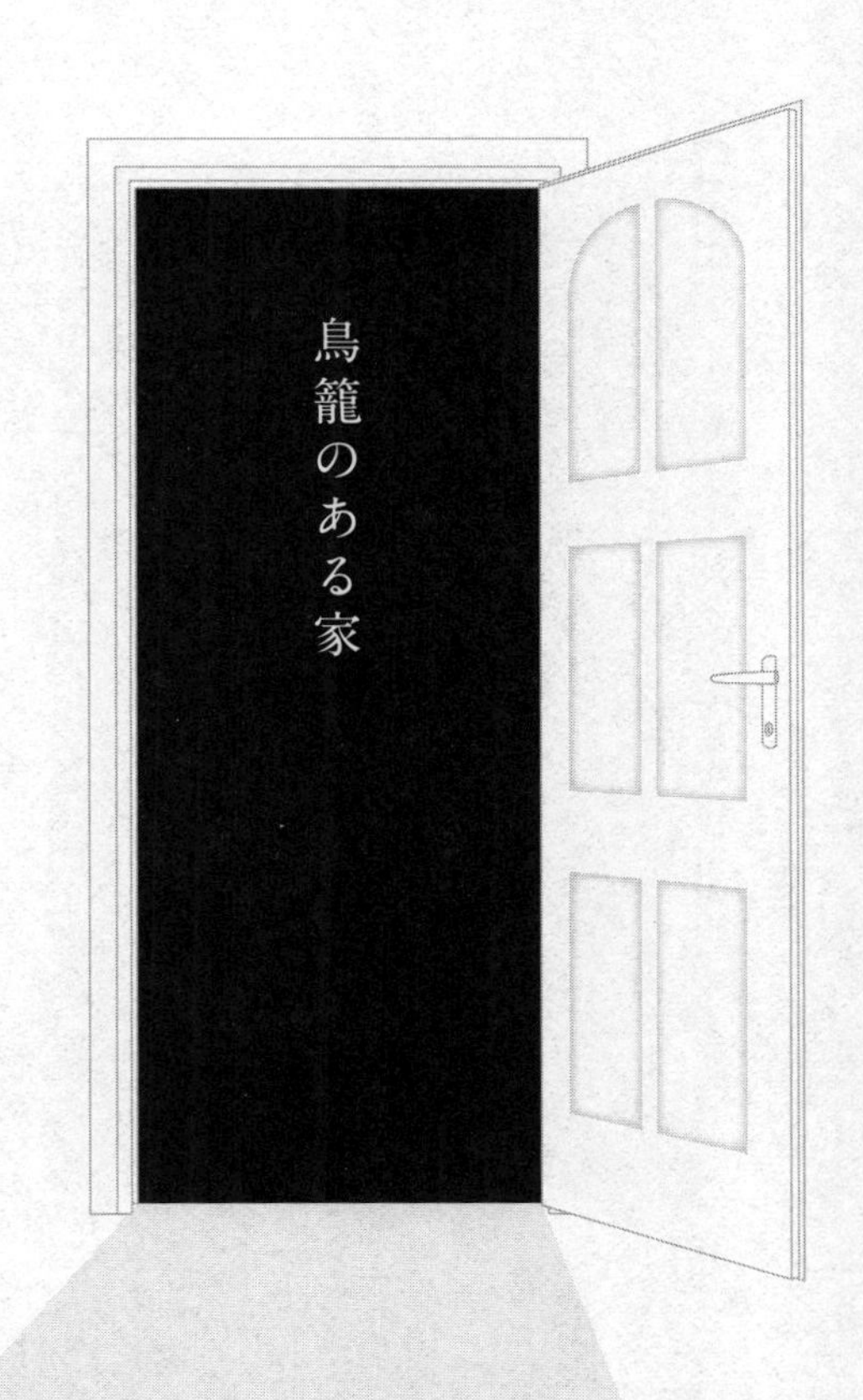
鳥籠のある家

1

沢崎琉斗(さわざきりゅうと)くんは、空っぽの鳥籠に怯(おび)えている。

大学生講師の仲田明日彦(なかたあすひこ)からそういう話を聞く一時間前まで、私は品川(しながわ)の本社で行われた研修に参加していた。

私の勤める《(株)SCエデュケーション》は、首都圏に全二十七教室を持つ、家庭教師派遣会社だ。業界では五位か六位という位置にいるらしく、正式な社名は知らずとも、《家庭教師のシーザー》と「来た、見た、勝った!」というキャッチフレーズは、人々の耳に残っているはずだ。

社では半年に一度、各教室の家庭訪問担当主任が集まって「児童ケア研修」が行われる。大学生講師の質の向上や顧客を離れさせない方法などを考える通常の研修と違い、児童の心のケアをテーマにしたものであり、児童相談所の職員が講師として三十分ほど話をしたあと、グループディスカッションをするのだ。児童虐待や学校内のいじめなどといった重い内容も含み、社会的な責務を感じさせる一方で、従来の家庭教師派遣業の仕事内容からかけ離れており、実務に生かせないのではという声も陰で聞こえている。

「あんなの聞かされても、意味ないよな」

「もっと、派遣先に遅刻をする大学生たちへの対応とか、そういうのやってほしいよ」

今日も研修終了後、本社を出た階段のところで、参加者のうちの二人が愚痴っているところに出くわした。船橋教室と王子教室の担当主任だった。二人は同期で、たしか私より三つ先輩だったはずだ。

「お、お疲れー」

私の顔を見るなり、王子教室のほうが笑いかけてきた。

「お疲れ様です」

愚痴に付き合わされても面倒なので、私は会釈をし、すぐに駅への道へと向かった。背後で二人が、ひそひそと私のことを噂しているのが聞こえた。どうせ、鬼子母神の高梨家の一件のことを話しているのだろう。特に気にする必要もない。

スーツのポケットからミントガムを一つ取り出し、口に放り込む。

池袋に着くころ、私はまだ、味を失ったガムを噛んでいた。改札を通り抜け、一日じゅう人がごった返す地下構内から、東口五差路の交差点へ続く道へと出る。サンシャイン通りへ流れていく人波から外れてオフィス街の細い道へ進み、なじみのラーメン屋の角を曲がると、三階の窓に「来た、見た、勝った！」というキャッチフレーズが見えた。エレベーターを待つあいだ、私は包み紙を取り出し、ガムを吐き出した。

「おはようございます」

三階に上がり、挨拶をしながらメインルームに入っていくと、パンフレットが平積みになっているカウンターの向こうのデスクには、沼尻（ぬまじり）室長と、スーツ姿の見慣れない女性が一人、いた。

「おっ、おはようございます」

沼尻室長が、まるで同級生のように手をひらりと上げる。横で女性は椅子から立ち上がり、頭を下げた。黒髪で、大学を出たてのようなあか抜けなさがある。

「原田（はらだ）主任、紹介するから、こっちにきて」

二人の近くに行くと、沼尻室長はひょこりと立ち、

「こちら、新人の清遠初美（きよとおはつみ）さん。中途採用で、今日からうちの教室で働くことになったから」

「清遠です、よろしくお願いします」

彼女は再び、私に向かって頭を下げた。

「原田です」

「知ってるよね。鬼子母神の一件の。うちの社じゃ、ちょっとした有名人」

その声には、皮肉がこもっていた。

二か月前に池袋教室の室長に就任したこの上司が、私は苦手だ。頭髪は短く刈り込み、やせ形で肌は浅黒い。スーツも紺や濃い紫色といったものを選び、色つきのシャツにブランド物のネクタイを好んで合わせる。歓迎会ではドライブとサーフィンが趣味だと言っていた。見た目は若いが、年齢は私より八歳上で、今年四十になるという。デスクの上には、プラスチックでできた、鮭（さけ）やマンボウやタツノオトシゴの手のひらサイズの骨格標本が並んでいる。ゲームセンターで手に入る、二百円や三百円のカプセル入りのフィギュア（ガチャガチャというやつだ）が好きなのだそうだが、こんなものを仕事場に並べて置く神経が信じられない。

「原田主任は、このあと、何かあるんだっけ？」

沼尻室長は訊（たず）ねた。

「三時から定期面談です」

「三時……って、あと少しじゃない。そうか、じゃあ、もう少し私が続けようか」

机の上に広げた仕事の資料に目を落とす沼尻室長。私は荷物を置くために奥のロッカールームへ向かう。

「原田主任」

沼尻室長は声をかけてきた。振り返ると、彼はキツネのような目で私を睨（にら）んでいた。

「また噛んだでしょ、ミントのガム」

「ええ……」

「俺、嫌いだって言ったよね、その匂い」

「以後、気をつけます」

ロッカールームに入り、隅のゴミ箱にガムの包みを放り捨てた。

相手と至近距離で話すことが多い職業なのだから、口臭予防は身だしなみの一部である。――二か月前までこの池袋教室にいた国尾室長はことあるごとにそう言っていた。

理想の上司とまでは言わないが、彼の言うことは少なくとも私には合理的に聞こえたし、いつしかミントガムは習慣になっていた。

新しい上司には従うべきなのだろう。徒労感が肩にのしかかった。

「失礼します」

面談の予定を入れていた仲田明日彦という大学生がやってきたのは、私がロッカールームを出たのとほぼ同時だった。

「あの、ちょっと早かったですか？」

やせ形で、頭髪全体を右に流した今風の髪型をしている。灰色のパーカーに、茶色のショルダーバッグ。大学の講義が終わった足でやってきたという感じだった。

「大丈夫だ。こっちへ」

〈面談室1〉と書かれたドアの前まで案内し、ノブをつかんで開いた。面談室と言っても、パーテーションで区切られただけの空間に、無機質な白い机と向かい合う一組の椅子があるだけだ。奥のほうに彼を座らせ、すぐさまデスクから資料を持ってきた。

「久しぶりだね」

「ご無沙汰しております」

丁寧な挨拶だった。

家庭教師の派遣アルバイトというのは学生のあいだで人気があり、この池袋教室だけでも三百人近くの登録者がいる。私の担当はそのうち五十人ほど。登録後、スクーリング形式で指導方法の研修を行い、各人十分から十五分ほど、模擬指導をしてもらう。顔を覚えていない登録者もいるが、彼の顔は覚えていた。

「江古田(えごた)の沢崎琉斗くんだったよね。中二男子で、数学」

「はい」

私は資料に目を落とした。緊張しているようなので、砕けた口調を使うことにする。

「ああそうだ。お父さんが亡くなっていて、お母さんが働いている家だ。市民団体の活動もしていて……、どうかな。教育熱心で、何か厳しく言われたりはしない？」

「いえ、それはないです」

「琉斗くんの学習態度は」

「すごく、いい子です」

家庭教師派遣会社と、学習塾の最も大きな違いは、講師が生徒に指導する現場が、私たち職員のすぐ近くにないことである。学習塾の場合、生徒に何か問題があればその日のうちに講師が職員に報告し、対応することができるし、学習における生徒の問題点を共有することもできる。それに対し、生徒はもちろんのこと、講師とすら日頃会うことのない家庭教師派遣会社は、現場と職員の距離が遠くなりがちだ。その問題点をできる限り解消する目的で設けられているのが、この定期面談である。

講師は最低でも二か月に一度は、所属する教室に足を運び、指導中の生徒の学習について報告する義務を負う。ただし、報告のマニュアルなどがあるわけではなく、事実上は担当の職員が資料を基に質問をし、講師がこれに答えるという形式がほとんどだ。資料の内容は、専用ウェブサイトを通じて保護者が書き込む指導の感想や、生徒が受けたテストの成績などのことであるが、総じて、この資料の多寡が面談の長さに大きく関わる。彼の担当している沢崎琉斗という中二の男子生徒の場合、問題は見当たらず、定期面談は五分ほどで終わるだろうと思われた。

「定期テストの結果を見る限り、琉斗くんの成績も上がっているみたいだね」

「はい。このあいだは、勉強が楽しくなったと言ってくれました」

「そうか。それはよかった。このまま仲田先生に続けてもらえれば、と思うんだけど」

「はい……」

仲田の声は重くなった。悪い兆候だった。

サークルや他のアルバイトとのかねあいで、途中でやめたいと言い出す学生は常にいる。皮肉なことに、人当たりがよく、生徒や保護者への印象がいい講師ほどそう言い出す傾向がある。仲田からもその雰囲気を感じた。

家庭教師という仕事の特性上、派遣先の家から文句が出ない限り、回りはじめた仕事の担当者を途中で代えてしまうのは生徒に負担をかけることになる。せめて受験シーズンが終わるまで、区切りのテストが終わるまでと、そういう学生を説得して引き留めるのも、私たちの仕事だ。

「何か事情があるなら、言ってもらえるかな」

「事情と言いますか。……琉斗くんは進みは遅いですけれど、素直だから、とてもやりがいを感じています。だから、この先も続ける限りは、琉斗くんの数学を見たいんです」

どうやら、やめたいという話ではないようだった。

「ただちょっと、あのお家（うち）が」

「お家？　お家がどうしたの？」

「不思議というか、気持ち悪いというか……」

歯切れ悪く、聞き捨てならないことを言い出した。派遣先の家を「気持ち悪い」などと。

「どういうことかな」

するとと彼は、言ったのだ。

「あの家には、空っぽの鳥籠が、あるんです」

2

沢崎家は、琉斗くんの上に一人、お兄さんがいるんですけど、今は地方の大学に通っていて、家を出ています。お父さんは三年くらい前に肺がんで亡くなっていて、今はお母さんと琉斗くん、二人で住んでいるんです。で、お母さんは仕事とは別に、中野区の市民団体の副代表かなんかをやっていて……あ、それ、資料に書いてありますよね。

そういうわけで、琉斗くんのお母さんは、僕が行く水曜日と金曜日の夕方五時にはまだ家に帰ってきていないんですよ。行くと、琉斗くんが出迎えてくれて、二人で琉斗くんのお部屋に行きます。

普通の男の子の部屋です。入って正面の窓に向かって机があります。右側にベッドがあって、琉斗くんは学校ではバレーボール部に所属しているそうで、ベッドの下にはユニフォームをしまっておくケースもあります。琉斗くんは机の前に座って、僕はその横に置いてもらった折り畳み式の丸い椅子に腰かけて指導するんですけど、僕の位置からちょうど見えるんですよね、鳥籠が。

……はい、鳥籠です。

廊下からはドアの陰になって見えないんですけど、中に入って振り返ると、天井から吊り下げられた鳥籠が見えるんですよ。ベッドに寝たら足元の上にあたるところに、鳥籠がぶら下がっているんです。鉄の柵が円柱状になってて、てっぺんが丸く、……はい、ドーム状になっている形ですね。

不思議なことに、中に鳥はいません。それどころか、止まり木とか、餌の皿とか、そういうのもないんです。なんだろうって不思議に思ってたんですけど、なんか訊けない雰囲気で。で、ずっと二か月間、訊かなかったんです。

ところが、昨日のことです。一時間みっちり文章問題をやったあとで、少し休憩しようということになりまして。琉斗くんって、初めは静かな子かと思っていたんですけど、慣れてくるとけっこう話してくる子なんです。部活の話なんかが多いんですけど、ちょっと話題がなかったみたいで沈黙が気まずかったんですよ。だから僕、ふと、訊いてみたんですね。

本当に、何気ない感じで訊いたんですよ。「あの鳥籠、何かな」って。

「何でもない」って琉斗くんは鳥籠から目をそらすような表情をするんです。「ひょっとして、前に鳥を飼ってたとか？」って、さらに僕は訊きました。そうしたら今度は琉斗くんが何も答えないので、僕は実家の隣の家の犬小屋のことを話したんです。

僕の実家の隣の家、子どもがいなくて、夫婦で柴犬（しばいぬ）を飼ってたんですけど、僕が小学校六年生の年の夏に死んじゃって。飼い主の御夫婦は悲しんで、そのあと、新しい犬を飼うことはなかったんですけど、庭にはずーっと、犬小屋が残されていました。

すると琉斗くん、「犬ならうちの隣にもいるよ」って、窓の外を指さすんです。

「でも、二年前、お母さんが兄ちゃんの部屋から怒って投げ捨てた空き缶がその犬に当たって、それ以来、犬にも隣の家にも嫌われてるんだ」って。

琉斗くん、僕が犬の話をしたがっていると勘違いしていたんですよ。僕は笑いながら、「ペットが死んだら、その思い出は残しておきたいよなって話」と説明しながら鳥籠を指さしたんです。とたんに琉斗くん、ふっ、て顔が暗くなって。スマホに、撮った画像を加工できる機能、あるじゃないですか。あれでカラーだった画像をモノクロにしちゃったみたいに、ふっ、て暗くなったんです。声を震わせながら、「そんなんじゃない」って言うんです。

「あんな声はもう聞きたくない。鳥は嫌いだし、鳥籠も嫌いだ」って。あんな声は、ってことは、やっぱり以前は飼ってたはずじゃないですか。でもなんかすごく嫌な思い出があって飼わなくなっちゃったのかなと思って、「じゃあなんで鳥籠、残しておくの？」ってまた訊いたんですね。そうしたら、琉斗くん、「お母さんが怒るから」って。

……はい。「お母さんが怒るから」って、はっきり言いました。

どうやらその、お兄さんの部屋で怒って空き缶を隣の家に投げ捨てたころから、琉斗くんの部屋には鳥籠がぶら下げられたらしいんです。深い事情があると思ったんですけど、「もう鳥籠のことは訊かないで」って。なんかそのときの琉斗くんの表情がものすごく怯えたような感じで。左手で右の二の腕のあたりをさすっていました。

僕もそれ以上はとても訊けなくて、その後は普通に勉強をしていたんですけど、僕、トイレに行きたくなっちゃったんですよね。

昨日、初めて琉斗くんの家で借りたんですけど、トイレは部屋を出て右の突きあたりということでした。そのドアを引いて、電気のスイッチを押して、心臓が止まりそうになりましたよ。ドアに向けて便器が設置されているんですけど、目の高さに、鳥籠がぶら下がっているんです。

はい。琉斗くんの部屋にあるのと同じ、てっぺんがドーム状の鳥籠です。やっぱり鳥は入っていませんし、羽根一本落ちていません。水や餌をやるための容器もない、ただの鳥籠がぶら下がっているんです。僕、すっかり、用をたす気が失せてしまって。そのまま電気を消して、ドアを閉めました。琉斗くんの部屋に戻ろうとしたんですけど、ふと気になってしまったんです。トイレのすぐ脇にあるドアに。

　地方で暮らしている琉斗くんのお兄さんのお部屋だろうと思ったんですね。好奇心に駆られて、ドアを開けました。部屋は真っ暗で、でも廊下から入った光で中が見えました。ベッドと机と本棚、みんな整理されていて、そのぶん生活感のようなものが感じられなくて……、で、窓際にあるそれに気づいたんですよ。

　はい、そうです。

　琉斗くんの部屋にあるものよりちょっと大きいという印象でした。もちろん、中には鳥はいません。それどころかもう、何年もそこに放置されているような寂しさがありました。そのとき、後ろから琉斗くんの声がしたんです。「なにしてるの」って。

　どきっとして振り向いたら、琉斗くんがすごく怖い顔をして立っていて。なんとかごまかしたんですけど、そのあとはもう、上の空というか……。指導はきちんとしたんですけど、はい。

　指導が終わって帰るときも怖かったですね。階段を下りてすぐに玄関があって、そこで靴を履くんですけど、一階の廊下がずっと延びているのを見て。一階には、リビングらしき部屋へ通じるドア、浴室、トイレ、あと和室っぽい襖の戸があるんですけど、その、すべての部屋に空っぽの鳥籠がぶら下がっているかと思うと、なんだか、闇の中にいるような思いでした。

3

すべての部屋に空っぽの鳥籠のある家。たしかに不気味なことではある。だが、取り立てて上に報告するようなことでもない。

「空っぽの鳥籠。そういうオブジェなんじゃないのかな」

「オブジェ、ですか」

仲田は私の発想が目新しかったのか、ぱちっと瞬(まばた)きをした。

「鳥籠に見えて鳥籠じゃないオブジェ。両親のどちらかがそういう芸術的志向の持ち主なんじゃない？」

「お父さんは亡くなっています」

そうだった。父親は肺がんで亡くなっているのだった。

「オブジェだとしても、どうして琉斗くんは、あんなに怯えているのか……。実は僕、もう一つ、気になることがあるんです」

「それは？」

「琉斗くん、二の腕をさすっていたって言ったじゃないですか。こうやって」

仲田は左手で、自分の右腕をさすった。

「そこに、打撲の跡みたいなのが見えたんですよ」

その言葉に、私は反応した。

「本当に？」

「その傷については何も訊かなかったんですけど、その……」

彼の言わんとしていることはわかった。何らかの虐待が行われているのではないかという心配だ。品川で「児童ケア」の研修を受けてきたばかりの私にとっては、どこか啓示めいていた。同時に、私の頭の中に、ある光景が浮かんでくる。——紺色のシルクハット、黄色いマフラー、尖りすぎたニンジンの鼻に、真っ赤な目。暗い窓辺に置かれた、明らかに手作りとわかる雪だるまのぬいぐるみだった。その窓の奥から聞こえてくる、男の怒号、殴打する音、女児の叫ぶ声……。

「琉斗くんの体に、他に傷はないかな？」

「目立った傷はないです。でも、あの鳥籠のことを話題にしたとたんに態度が変わってしまったことが、どうも、気になって」

「なるほど。ちょっと、上と相談してみよう」

「はい。よろしくお願いします」

仲田は頭を下げた。

4

「ふーん」

沼尻室長は足を組んだまま、私の出した家庭訪問申請書には見向きもせず、ガチャガチャのマンボウの骨格をハンカチで拭いていた。

「家じゅうに空っぽの鳥籠のある家。たしかに変ではあるね」

「はい」

「原田主任の受けた印象では、沢崎家では母親から中二の息子に対する虐待が行われていると」

「はっきりとはわかりません。しかし、葛西(かさい)のケースもありますし」

手をぴたりと止め、キツネのように細い目を私に向ける沼尻室長。「葛西のケース」という言葉は、《家庭教師のシーザー》に勤める者にとって特別な響きを持つ。

二年前、江戸川(えどがわ)区にある、《家庭教師のシーザー》葛西教室の主任を務めていた入野(いりの)という職員のもとに、家庭教師として働いていた男子大学生が、「担当している生徒の家がおかしい」と訴えてきたのだ。彼が派遣された当初、小学校五年生の男子生徒、Aくんはとても快活だった。しかし、半年経(た)つころにだんだん目の下に隈(くま)ができ、体もやせ細っていった。心配した男子大学生はどうしたのかと訊ねるがAくんは何も言わない。様子を見ながら学習指導をしていると、突然けたたましく笑って、次の瞬間ぼろぼろと涙を流したりする。勉強が全然はかどらないので、別室にいた母親に相談すると、「そういう時期なので、すみません」としか言わない。

当時会社は、そういう家庭内のことには極力立ち入らないという方針を取っていた。しかしあまりに異常な様子に、入野主任は室長にも無断でその家を訪れた。すると、玄関の前で、家の中から泣き叫ぶ声が聞こえてきたのだ。入野主任はインターホンも押さずに中に飛び込んだ。リビングでは真っ裸のAくんが両手両足を縛られ、そばに恐ろしい形相をした母親が、布団たたきを持って佇(たたず)んでいた。

虐待の理由は、その家の父親の浮気だったという。警察の取り調べで母親が語ったところによれば（私は後に週刊誌で読んだのだが）、前々から夫の浮気についての疑いはあったが、あるときに浮気相手の女性から電話がかかってきた。それについて夫に直接問いただそうと思ったが、そうしてしまうと、浮気が確実になってしまう気がして、訊けずにいた。その鬱々(うつうつ)とした気持ちを、いつしか息子を虐(いじ)めることによって晴らすようになったのだという。初めは頭を叩(たた)いたり、足をピンで刺したりという程度のものだったが、次第に、食事を与えない、氷の入った水風呂に入らせるなどとエスカレートしていった。

Aくんは誰にもそれを知られたくなくて、学校では気丈に振る舞っていた。クラスメイトも教師も気づかなかったために、入野主任が訪れなければ虐待はいつまで続いたかわからないということだった。

この事件をきっかけに、《家庭教師のシーザー》の社会的な認知度は上がり、同時に児童相談所から協力を要請されるようになった。

世の中には、周囲に知られず親による虐待を受けている子どもがかなりいるという。マンションのような周囲の世帯との関係が希薄な住宅環境では気づかれにくく、また、気づかれたとしても警察や児童相談所に報告されるケースはまれになっている。個々の家庭のことには立ち入ってはいけないという不文律が、都会にはある。気づける立場として考えられるのは学校だが、いくら家に押しかけても、玄関先で突っぱねられては家の中に入ってその家庭が異常か正常か判断することができず、虐待の発見が遅れることもかなりある。

葛西の一件で児童相談所は、家庭教師派遣会社の有用性に気づいた。家庭への強制的な立ち入りの権限を持たない学校の教師に対し、家庭教師は家に入ることを前提に雇われている存在だ。Aくんのようなケースをもっとスムーズに児童相談所に報告できるシステムがあれば、さらなる虐待の発見につながり、家庭教師派遣会社の社会的な評価も上がるのではないかというのだ。

児童相談所当局からのこの申し出に、会社の上層部は協力を惜しまないという答えを出した。問題を抱えている様子のある家のことは派遣講師に逐一報告させるように奨励し、必要に応じて職員による家庭訪問をすることを目的に、各教室に一人以上の「訪問担当」という役を設置した。半年に一度の本社での「児童ケア研修」も始まった。

この決定は、一部の職員には受け入れられた。しかし、現場の多くの職員は、上のこの決定に否定的だ。私の目の前でバーバリーのハンカチを使ってマンボウの骨格を拭いている男など、その典型のようなものだった。

「あのね、原田主任。その家にはその家の事情ってものがあるでしょう」

彼は言いながらマンボウを置き、タツノオトシゴを手にした。

「子どもの勉強以外のプライベートに立ち入られて、嬉しい保護者なんていないよ。顧客を失うよ」

「しかし……」

「鬼子母神の一件はたしかに立派だったけどさ、少し、肩ひじ張りすぎてないですか？」

鬼子母神の一件。それは、原田保典をこの《家庭教師のシーザー》全教室内で少しばかり有名にしたできごとだった。

半年前のことだ。あの日は、池袋教室と取り引きのある印刷会社に行き、運動がてら雑司(ぞうし)が谷(や)を抜けて池袋まで歩いて帰ろうと考えていた。学生時分に縁があった土地でもあり、久しぶりに鬼子母神の境内をぶらぶらしたくなったのだった。

境内までやってきたのは、午後一時過ぎ。立ち止まってぼんやりと拝殿を眺めている私の視界の端に、ふっと女の子が動いた気がした。見ると、灯籠の陰にやはり、小学校五年生くらいの女の子がいた。ジーンズに、絵の具を散らしたような変わったデザインの黄色いシャツを着ていた。

おかしいと私が感じたのは言うまでもない。平日の昼、小学生は学校に行っている時間だ。現に、少し前に小学校の脇を歩いてきたが、グラウンドからは元気のいい遊び声が聞こえていた。

胸騒ぎがした。

どうしたの、と声をかけながら近づいていくと、彼女は怯えながらも逃げようとはしなかった。髪の毛の乱れが単なる寝癖ではないことに気づいたのもそのときだ。何かがこびりつき、固まっていた。顔じゅうに、目やにや鼻水の固まったものが貼り付いているようだった。シャツも、もともとは白かったものが黄ばんでしまい、ケチャップや醤油(しょうゆ)のしみがついているのだとわかった。何より彼女は臭かった。何日も入浴していないのは明らかだった。

学校は、と訊ねると、「行きたいけど、家を出るとお母さんが泣いてしまう」と答えた。母親が昼寝をしているあいだだけ、こうしてこっそり外に出て一人で遊ぶのだという。

私は彼女の手を引いて大通りへ出、タクシーを捕まえた。スマートフォンで最寄りの児童相談所の位置を調べ、駆け込んだ。相談所の職員はさすがに落ち着いたもので、私が仕事中と知るや、「何かありましたらご連絡を差し上げますので」と、女の子を預かってくれた。

彼女がやはり、一種の虐待を受けていたことを知ったのは、その日の午後八時過ぎのことだった。彼女の家は母子家庭で、母親は仕事と育児でノイローゼになってしまい、家事一切をやらなくなってしまっていた。そればかりか、一人娘の彼女に依存するようになっており、「学校に行ったら自殺する」とまで言っていたらしい。彼女は学校に行くに行けず、荒れ放題の家で四か月もすごしていたのだという。学校がなぜ彼女の様子に気づかなかったのかが甚だ疑問だが、教師が家庭訪問をしても門前払いを食らうことがあり、そうなると家の中には踏み込めないので帰るしかなく、生徒も不登校として処理されてしまうケースがあるということだった。

ともあれ、「児童ケア研修」を導入してから初めて、顧客の家ではないながらも虐待を発見した私のことは社内報に掲載された。児童相談所からもさらなる協力をと念を押され、《家庭教師のシーザー》は虐待防止にさらに力を入れることになった。

つまり、沼尻室長のような人間にとっては、私は「面倒くさい制度をさらに強化させた人間」ということになるのだった。

彼が室長に就任してから、家庭訪問を申請するのは初めてのことだ。これは認められないかもしれない……と思っていたら、

「いいよ」

彼はタツノオトシゴの骨をデスクに置きながら、意外にもあっさり言った。

「原田主任は、当池袋教室の訪問担当なわけだし。なんて言ったって、鬼子母神のヒーローなわけだから」

デスクの中から判を取り出すと、申請書の所定欄に事務的に捺（お）した。

「しっかり行ってきてください」

大して興味もなさそうな声だった。

5

沢崎家は、池袋から私鉄と地下鉄で数駅行った住宅街の中にあった。少しわかりにくいですよ、と仲田明日彦が言っていたが、スマホの地図アプリを使うと、難なく見つけられた。

「こんにちは。お待ちしていました」

玄関から出てきたのは、琉斗の母親である沢崎花枝(はなえ)だ。アポイントを取ったのは昨日のこと。電話をして「学習の進みと親御さんから見たお子様の変化を直接お会いしてうかがいたいのですが」という定型文句を使うと「明日が一番都合がいいので」という返事だった。電話した翌日に来てくれというのは珍しいケースだが、とにかく家庭訪問についてでは異存はなさそうだったので午後二時に約束を取り付けた。

「散らかっていますけれど、どうぞ」

「お邪魔します」

玄関に入って靴を脱ぐ。くすんでいる、というのが第一印象だった。壁紙が灰色に近い白で、なんとも陰鬱なのだ。廊下はフローリング。正面に階段があり、右手にリビングとおぼしき部屋がある。階段の脇は左奥に廊下が続いており、薄暗い奥に襖が見える。

「どうぞこちらへ」

通されたのは、リビングだった。

広さは十畳といったところだろうか。白いテーブルと椅子のセットがあり、キッチンの中を覗(のぞ)けるような造りになっている。ガラス戸の向こうの小さな庭には、芝と、背の低い木が植えられている。リビング内を見回すと、テレビがあり、本棚があり……、鳥籠があった。仲田が言った通り、円柱形で、てっぺんがドーム状になっている。鳥はおらず、止まり木も、水や餌の容器もない。

「どうかなさいましたか」

花枝に声をかけられ、はっとした。自分で思う以上にその鳥籠に見入っていたのかもしれなかった。

「いえ」

慌てて椅子を引き、腰かける。花枝はキッチンへ入り、紅茶を淹れて持ってきた。

「どうぞ」

「あ、いえ、お構いなく」

私はカバンから資料を取り出し、テーブルの上に広げた。

それからの十数分は、通常の家庭訪問だった。息子の成績は上がっており、最近は勉強が楽しくなっているように見受けられると、花枝は好意的なことを並べた。家庭訪問をすると、たまに過剰に派遣講師や《家庭教師のシーザー》のシステムを褒める保護者もいるが、花枝はそういった保護者とは違い、本心で告げているようだった。仲田は、家庭教師として優秀なのだろう。一応、評価表につけておいてから、私はそれとなく切り込むことにした。

「お母様は、自分で、琉斗くんを厳しく育てていると思いますか?」

「厳しく、と申しますと?」

花枝の顔つきが少し変わった気がした。

「勉強ができないときつく叱ったり、普段の生活のことについて規律を守らせるためについ口調を荒らげたりなどといったことは」

「普段の生活のことについてまで答えなければならないのですか」

言葉に険があるようになってきた。やはり、やましいところがあるのだろうか。それとも、過剰な厳しさを当然と思っているのだろうか。

「勉強ができるようになるには、普段の生活というか、環境づくりも大切ですので」

花枝は少し黙って考えた。

「琉斗には一人、兄がいまして。その兄と同じように育てているつもりです」

「はい」

「兄と違うところといえば、父親がいなくなってしまい、私も仕事のあと、市民団体のほうで忙しく、構ってやれないところです。厳しくというよりむしろ、兄のときのように勉強を見てやることができなくなっているのです」

これはたしか、申し込みの面談のときにも聞いていたことだった。だからこそ、家庭教師にマンツーマンで勉強を見てもらいたいという希望だったのだ。

表面上、おかしいところのない母親だ。むしろ、下の息子の面倒を見切れていない責任を感じている。鳥籠の異常性を除けば、何もない。

「あの、まだ何かありますでしょうか」

沈黙に違和感を覚えたのか、花枝が言った。

「ああ……」

と声に出した瞬間、私は即座にあるアイデアを思いついた。

「琉斗くんのお部屋を見せていただくことはできますでしょうか」

「部屋ですか？」

「ええ。これは、家庭訪問をさせていただいているお宅すべてにお願いしているのですが、しっかり勉強のできる環境が整えられているかどうか、拝見させていただきたいのです」

児童ケア研修で何度か聞いた。こういう言い方をすれば、たいていの親は部屋を見せてくれるものだと。もし拒否したなら、派遣講師には見せられて、会社の職員には見せたくないものがあるということになる。

「いいですよ」

花枝の表情は意外にも和らいだ。

彼女のあとについて、リビングを出る。花枝はすぐに右に曲がり、階段を上っていった。二階の壁紙もくすんでいた。築二十年は経っているように思える。

「ここです」

傷のついた木製のドアを開ける。仲田の説明から想像していたものと離れていない景色だった。学習机とベッドに、カラーボックス、折り畳み椅子。バレーボール選手のポスター。開かれたカーテンからは隣の家の塀が見える。鳥籠は……と花枝と共に部屋の中に入り、それとなくドアを閉める。

あった。ベッドの、ちょうど寝転がったら足元にあたる部分の上に、空の鳥籠がぶら下がっていたのだ。

「どうでしょうか」

とっさに花枝のほうを振り返る。私が鳥籠のことを気にしていることには気づいていない様子だ。

「漫画の本があるのは、やっぱりよくないでしょうか」

花枝が気にしているのは、カラーボックスに並んでいる少年漫画だった。

「いいえ。これくらいは中学生の男子なら普通です。むしろ息抜きになっていいかと」

「そうですか」

答える花枝の目が、ちらりと私の背後の鳥籠に向けられた。好機とばかりに訊ねようとして、私は止まった。私に戻されたその目に、「訊くな」と言われている気がしたからである。まるで、寸鉄を胸に刺すような視線だった。

私は結局、鳥籠について切り出すことができないまま部屋を出、自ら階段を下りた。

目の前には玄関。このまま家庭訪問を終えるのが自然な流れだ。……鳥籠についてはまだ、何もわかっていない。

「あの」

私は踏みとどまる。

「お手洗いをお借りしてもいいでしょうか」

花枝は私の顔を見た。なぜこの廊下はこんなに薄暗く、壁紙はこんなにくすんでいるのだろう。花枝の顔が何かを探っているような表情に見えてしかたがない。

「どうぞ。突きあたりです」

階段の左、奥に延びる廊下を指さす。

「私、もうそろそろ出る準備をしなければなりませんから」

花枝は階段を上って行く。彼女の部屋も上にあるのだろう。私は廊下の奥へと進み、トイレのドアを開けた。

便器の奥、本来ならば芳香剤やトイレットペーパーが置かれているであろう棚に、鳥籠はあった。仲田が入ったのは二階のトイレだったはずだ。やはり、この家のすべての部屋に鳥籠が置かれているのは、事実のように思えた。

用をたす気にはなれなかった。水を流す音が聞こえないうちは、階上の花枝にはまだ入っていると思われるだろう。音が出ないように気をつけながら、ドアを戻す。

私は左を向いた。襖だ。この家に入ったときから異様な空気を放っているこの襖の向こうに、何かある。私は手をかけ、ゆっくりと開いた。

はっと息をのんだ。

六畳間。白い壁。――畳も壁紙も、真新しいのだ。なにもかもくすんだこの古い家の中で、なぜかこの部屋だけ、磨かれたようにきれいだった。部屋の隅に黒い仏壇があり、笠のついた蛍光灯が天井からぶら下がっている。その蛍光灯の脇に、天井から針金がのび、鳥籠が吊り下がっていた。

魅せられるように、私は新しい畳を踏んで部屋の中へと進んでいった。仏壇には、五十代半ばの男性の写真が飾られていた。沢崎琉斗の父親だろう。

私は鳥籠に近づいていった。そして、この家で見た他の鳥籠との違いに気づいた。プラスチックの皿の上に、金属の鉄柵が円柱状に組まれ、頂部がドーム状になっているのは変わらない。餌・水の容器や止まり木が入っていないのも同じだ。おかしいのは、柵に四つ、南京錠(なんきんじょう)が取り付けられていることと、その底部のプラスチック部分に直径十五センチほどの穴があいていることである。穴の周囲には黄色いスポンジ状のものが貼り付けられている。

手を伸ばし、穴の周囲のそれを触ってみた。やはり、スポンジのようだった。かがんで覗き込んでみると、プラスチック部分とスポンジのあいだに透明な接着剤の塊が見えた。スポンジは接着剤で後から貼り付けられたもののようだった。——当たり前だ。鳥籠にこんな穴があけられて売られているわけがない。中に入れた鳥が逃げてしまうからだ。

「ん？」

もう一つおかしいことがあった。プラスチックの底部に切れ目がある。プラスチック専用の鋸（のこぎり）というのがあるのかどうかわからないが、そういったもので人為的に切られたらしい。切れ目を追っていくと、鉄柵部分につながっていた。切れ目の先に二つずつ、南京錠がつけられている。つまり、南京錠の施錠を解くと、鳥籠はパカリと二つに分かれるようになっているのだ。鳥が出入りするための入口は別についている。

不意に頭の中に浮かんだ光景に、胸がざわめいた。まさか。花枝はこれで、琉斗くんを……？

「ちょっと!?」

廊下のほうから花枝の叫び声がした。アッと思ったときにはもう遅かった。襖の向こうにスーツに着替えた花枝が現れ、私の顔を鬼の形相で睨みつけている。

「何をしているんです？」

「あ……いえ……」

何か、言わなければいけない。

「出てください！」

　怒っている。私は焦った。冷静になれ、冷静になれ……。

「沢崎さん、これは？」

　鳥籠をつかんでいた。

「なぜこの家には、すべての部屋に鳥籠があるんです？　鳥など飼っていないのに」

　花枝の目から怒気がすっと消えた。彼女は部屋に入ってきて、私の腕をつかんで鳥籠から離した。とっさに踏ん張ろうとした私の足は仏壇に当たり、音を立てて遺影が倒れた。

「勉強に関係ありますか」

　遺影に気を払う様子もなく、花枝は私を廊下へと引っ張った。驚くほどの力だった。

「ないでしょう」

　口調が冷静に戻っているぶん、私の中に恐怖と不信が膨らんでいく。

「私、もう出なければなりません。本日はありがとうございました。お帰りください」

「しかし」

「お帰りください」

　石のような目だった。

6

アパートの二階の外廊下。深夜の寒風を頰に受けながら、蹴とばせばやぶれてしまいそうなドアの鍵を開ける。冷たいノブを握って回すと、半畳もない玄関の土間が現れた。壁のスイッチを入れる。ドアを閉め、靴を脱いだ。

私の住んでいるこの部屋は、1DKと呼ばれる間取りだ。入ってすぐダイニングキッチンになっており、ガラスの引き戸の向こうがリビング兼寝室だった。カバンをダイニングの椅子の上に置き、テーブルの上にかぶせられたチラシを除(よ)ける。空の茶碗(ちゃわん)と、カボチャの煮物の入った皿があった。

キッチンで手を洗い、コンロにかけてある冷たい鍋の蓋を取る。コンクリートのように固まってしまったように見えるクリームシチューだった。つまみを回し、火をつける。カボチャの煮物の皿を冷蔵庫の上の電子レンジに入れようとしたところで、

「おかえり」

背後から声をかけられた。私は驚いて煮物の皿を落としそうになった。

振り返ると、暗い奥の部屋のガラス戸から、リサが顔だけ出してニヤニヤ笑っていた。

「来てたのか」

「なーに、その言い方」

皿を電子レンジに入れ、扉を閉めて自動のスイッチを入れる。中でターンテーブルが回りはじめた。

「私が、用意してあげたんでしょ」

いつも通りの制服姿だった。ワイシャツがまぶしい。彼女はそばに寄ってくると、さっそくコトコトと音を立てはじめたクリームシチューの鍋の蓋を、爪で二回叩いた。良く磨かれた爪だ。

「リサも食べるか？」

「んー、いらない。外で済ませてきた」

「済ませてきたのに、シチュー、作ってくれたのか」

「お腹空いてると思って。ねえ、カボチャの煮物、ヤスが作ったの？」

彼女は私のことを、ヤスと呼ぶ。

「ああ」

「つまみ食いしちゃった。ずいぶんおいしいね」

「温かいほうがうまいぞ」

「もういいー」

あははっと笑うと、短いスカートをひらりと舞わせながらテーブルを回り込み、椅子を引いて、胡坐（あぐら）をかくように座った。まだ笑顔は継続中だ。何をしていても楽しい年頃なのだろうか。

ほどなくして、ご飯とシチュー、カボチャの煮物だけの夕食が始まる。スプーンで掬（すく）って口に入れると、シチューのうまみが柔らかく体を包むようだった。

「おいしい？」

「ああ」

本心だった。しかし、ほっとしたと同時に、どっと疲れが出たような気がした。私はスプーンを皿に置き、体を背もたれに押し付ける。泥の底から上がってきた泡のようなため息が出た。

「やっぱり、口に合わなかったの？」

リサは、病気の飼い犬を見つめるような不安げな顔をしている。

「いや、そういうわけじゃない」

「じゃあ、ヘコんでるんだ」

ヘコんでる——。たしかに、そうだった。

追い出されるように沢崎家をあとにした私は、やはり鳥籠について釈然としない思いを抱えながら職場である池袋教室へ戻った。「原田主任、ちょっと」。沼尻室長に呼ばれて彼のデスクの前まで行くと、その機嫌は曇り気味だった。

沢崎花枝が、クレームの電話を入れていたのだ。声色は落ち着いていたが、たしかに怒りが感じられたという。

「だから言ったよね」

怒りと嘲りの混じったような声色だった。

「大して問題はなかったんでしょ？　すごく部屋が汚れているとか、異様な臭いがするとか」

「そういったことは。しかし、鳥籠が全部屋にあるんです。どこか異常だと思いませんか」

「鳥籠が何だっていうの。そういう家なんだよ。プライベートに立ち入らない」

そういう家。沼尻室長の言葉で自分を無理に納得させ、私はデスクに戻った。新人の清遠初美が、ちらちらと私のほうを見ていた。

その後、定期面談が二件あり、その他の時間は書類関係の事務処理にあてた。没頭するうち、次第に鳥籠の存在は消えていったが、家路について地下鉄に乗るころにはまた頭の中に居座っていた。いったいあの家は何なのか。そしてあの、仏壇の部屋で見た、穴のあいた鳥籠は。花枝は何かを隠している。そして琉斗くんは、何かに怯えている。

おそらく、家を出ていった兄も……。

「ふぁあん、ふぁあん」

私の前でリサは肘をつき、両手に一本ずつ持ったペンライトのＬＥＤライトを点灯させ、両方のこめかみに当てていた。ペンライトの光を私の顔に当てている。彼女が気に入っている仕草だが、いったい何の意味があるのか、私にはわからない。若者のあいだで流行っているのだろうか。

「何にヘコんでるの？」

「ちょっとあってな」

「ちょっとって、何？」

「それは言えない」

彼女は不満げにペンライトをぐるぐると回す仕草をしたかと思うと、「あーあ、つまんないつまんない」と言いながら天井を見上げた。

「せっかく来てあげたのに、何にも話してくれないんだもんなー」

「社会人にはいろいろあるんだ。業務上知りえた秘密を漏らしてはいけない」

「私、誰にも漏らさないって」

そしてリサはペンライトをしまうと、私のほうに身を乗り出してきた。

「家庭訪問、したんでしょ？」

彼女は私の仕事のことをある程度は知っている。私があいまいにうなずくと、

「何かおかしなところのある家だったんだ。それで、首を突っ込みすぎて、先方の親御

さんの機嫌を損ね、上司に叱られた」

　社会経験などまるでないくせに、鋭い。これだから女は嫌になる。

「どんなおかしな家だったのかなあ。教えてよ。教えるまで帰らないよ。ってか、大声あげるよ。このアパート、壁薄いから声は通るよ。一人暮らしのはずの男が、女子高生連れ込んで何やってんだ、ってなるよ」

　黒目がちなその目に、私は結局、押し切られた。

　仲田明日彦の定期面談のことから、今日の家庭訪問のことまで、ざっと簡単に話した。

　リサは初めは笑顔のまま聞いていたが、話が一階の和室に忍び込んだ段になると急に真面目になった。一度はしまったペンライトを一本取り出し、テーブルの上をこつこつと叩く。

「……なるほど」

　話し終えると、彼女は右の足を椅子の上にあげ、膝に肘をつくようなポーズで考えはじめた。

「おい」

「何？」

「スカートの中が見える」

「別に見えても構わないよ」

「こっちが構うんだ」

リサは足を下ろした。私は再び、食事を続ける。シチューに白飯というのは妙な取り合わせだと、今さら思う。缶詰でも出そうか。

「明らかに、鳥を飼う目的じゃないよね、その鳥籠たち」

立ち上がろうとすると、リサが言った。

「止まり木も、餌の皿もない。そして、和室にある鳥籠だけ、ぱかって二つに割れる仕様になっていた」

「もういい、考えるな」

「いや、なんとなくわかったんだよ。っていうか」

リサは私の顔を黒目がちな目で見つめる。

「ヤスもうすうす感づいているんでしょ？　和室にあった鳥籠の使い道」

どきりとした。あの真新しい和室で、花枝が駆け込んでくる直前に訪れた胸のざわめきがよみがえるようだった。

「底にこれくらいの大きさの穴があいていて、スポンジが貼り付けてあって、四か所の南京錠を外すと、パカリと割れる」

リサのたどり着いた結論は、私の胸騒ぎと一致しているようだった。彼女は両手を、顔の近くにあげていたのだった。

「穴は、人間の首回りと同じくらいだったんでしょ。鳥籠の中に頭がすっぽり入る。そして、南京錠をがっちり施錠して、鍵を誰かに持って行かれたら、自分で外すことはできない。スポンジは、首回りがプラスチックの断面に当たって痛くならないようにっていう、お情けかな」

首から上、頭をすっぽり鳥籠に閉じ込められた少年。がちゃりと南京錠をかける、石の目をした母親――。

「やはり、琉斗くんは虐待を受けているのか」

兄もそうだったのだろうか。それで彼は、鳥籠に怯えているのだろうか。だとしたらこれは虐待以外の何物でもない。これは……、と思っていたら。

「あ、ヤス、やっぱり勘違いしてたんだ」

リサはペンライトを振った。

7

「頭に鳥籠を嵌（は）めるという行為を琉斗くんが恐れているのはたしかだと思うけど、その仕打ちを受けているのは琉斗くん本人じゃないと思うな。だいたい、打撲の跡は一か所しかなかったんでしょ」

「服で隠れているところを打っているかもしれない」

「だったら見える肘に跡を残しているのがおかしいよ。長袖を着せたりするでしょ。バレーボールのときにやっちゃった打撲じゃないかな」

　虐待は行われていないと、リサは言いたいようだ。

「……じゃあ、鳥籠を嵌められているのは誰だというんだ」

「知りたい？」

「もったいぶるんじゃない」

　リサはへへーと笑うと姿勢を正し、人差し指を立てた。

「ヒントは、新しい壁紙だよ。一階の和室はおそらく、お父さんの部屋だったはずだよね。壁紙をその部屋だけ変えたということは、お父さんが死んだあとに壁紙を変えたことになる。さて、一部屋だけ変えたのは経済的な理由だとして、どうして普段使う生活スペースではなく、もうあまり使わないであろうお父さんの部屋だけ、壁紙を変えたんだろう」

　考えたが、答えは出てこない。

「お母さんにとって、その壁紙には忌まわしいものがべったりとついてしまっていたんだね」

「べったりと？」

「一部じゃない。べったりと。……つくんだよ、煙草のヤニは」

　突然出てきた言葉に、私は唖然とした。リサは続ける。

「お父さんの死因、たしか、肺がんじゃなかったっけ？」

「そうだが……」

「肺がんの原因のナンバーワンは喫煙。きっとお父さんは、ヘビースモーカーだったんじゃないかな。肺がんと診断されたあとは当然、煙草をお医者さんから止められる。ところが、中毒になってしまっていたお父さんはすぐにやめられるはずもなく、煙草を吸い続けた。やめる、やめると言いながら隠れて吸い続けるお父さんに業を煮やした花枝さんはついに、強行策に出ることにしたんだ」

　リサが何を言っているのか、私はすでにわかっていた。鳥籠で頭をすっぽり覆われていては、煙草を吸うことができない。リサは私の表情を見て、満足げにうなずいた。

「家にいるあいだは鳥籠をつけて、強制的に禁煙させることにしたんだ。お父さんは禁断症状が出て大変だったろうね。きいきいと甲高い声で叫んだのかもしれない。それが、琉斗くんの言う、『あんな声』の正体だった」

　――あんな声はもう聞きたくない。

　仲田から聞いただけの琉斗くんの言葉が、私の耳元で聞こえた気がした。

「結局肺がんは治らず、お父さんは亡くなってしまったんだね」

「しかし……」

私はまだ信じられなかった。禁煙をするために鳥籠を頭に装着させるなんて。

「家じゅうに鳥籠を設置する理由にはならないだろう」

「話はまだ終わっていないよ。次に、琉斗くんのお兄さんのことに移ろう」

「お兄さん？」

「うん。二年前、高校生のお兄さんの部屋でお母さんが怒って、窓から空き缶を外に投げ捨てたことがあったって言ってたよね」

昨日、仲田はたしかにそんなことを言っていた。犬に当たり、それ以来、隣の家とは険悪なのだと。

「いくら怒ったからって、隣の家に空き缶を投げるなんてこと、あるかな？」

「それは……」

母親が急に頭に血が上る激情型の人間だからだろう、と言いかけて、はたと気づいた。空き缶といえば、ある使い道がある。

「灰皿代わりにしていたのか」

リサはうなずいた。

「花枝さんにとっては、煙草は夫を奪った憎いものだよ。当然、息子たちには同じ轍（てつ）を踏んでほしくないと思っていた。なのにお兄さんは隠れて煙草を吸っていたんだ。部屋に入ってそれに気づいたお母さんは頭に血が上っちゃって、後先考えずに吸い殻の入っていた空き缶を外に投げ捨てた。これが、空き缶事件の真実だよ。隣の犬はかわいそうだったね」

たしかに、筋は通っている気がしてくる。

「花枝さんが家じゅうに鳥籠をぶら下げておくようになったのは、その後なんじゃないかな。あんたたちはお父さんの苦しみを忘れたのか。今後煙草を吸うようなことがあったら、お父さんと同じく、あんたたちの頭も鳥籠に閉じ込めなきゃいけなくなる。――そういう戒めの意味を込めてね」

「馬鹿な。狂っている」

「狂っているのかもしれない。でも、本来、母親の息子への愛っていうのは、そういう歪(ゆが)んだ行動を起こさせてしまうのかもしれないよ。まあ、客観的に見たらおかしいということはわかっていたんだろうから、ヤスには説明することができなかったんだろうね」

私は頭を振った。そんなことがありうるだろうか。

「まだ信じられない？」

リサはニヤニヤしていた。

「……信じられるものか。だいたい、なぜ煙草なんだ」

「じゃあ、調べてみたら？」

「何をだ」

「おかしいよね。ヤスって」

リサは、若者特有の軽い笑いを見せた。

「沢崎花枝って名前までわかっているのに、すぐにネットで検索しないところが」

「そんなことをしてどうなる？」

「花枝さんの所属している市民団体が何なのか、出てくるんじゃないの？」

私は馬鹿にされたような気になりつつも、スマートフォンを取り出し、「沢崎花枝」と打ち込んで検索してみた。

――禁煙推進団体マリーゴールド
そういうサイトが表示された。沢崎花枝の肩書きは、「副代表」となっていた。アクセスしてみると、そこに現れたのは、今日私が会った彼女の写真だった。

なんということだ。空の鳥籠、父の死、兄の空き缶、琉斗くんの怯え、新しい壁紙……これらはすべて、煙草という一つの言葉でつながっていたのだ。

「よくわかったな」

リサのほうに顔を向けると、彼女は自分の推理が当たったにもかかわらず、浮かない表情だった。

「私も、嫌な思い出があるから。煙草には」

再び、片足を椅子に上げる。短いスカートがはだけ、太ももと下着があらわになる。

「こら」

私は目をそらすが、

「ちゃんと見て」

ただならぬ声だった。私は彼女に視線を戻し、はっとした。彼女の右足の太ももには、痛ましい火傷（やけど）の跡が三つあった。

「やり方は異常かもしれない。でも、うちにいるあの人に比べたら優しいもんだよ、琉斗くんのお母さんは。息子を、煙草の害悪から守ろうとしている気持ちに嘘（うそ）はないんだもん」

私は、何も言えなかった。

「将来琉斗くんが煙草を吸うか否かは本人の意思の問題として……、鳥籠のことは、『その家の事情』の範疇（はんちゅう）、ってことだね」

すとん、と、リサは足を椅子から落とした。

8

打ち込んだ膨大なデータをハードディスクに保存し、念のため、外部メモリにもバックアップを取った。パソコンをシャットダウンし、大きく伸びをする。時計を見ると午後十一時十五分だった。半分明かりも落とされた部屋には誰もいない。最後の同僚が「お疲れ様でした」と言って出ていったのは、もう一時間も前だ。

この教室が入っているビルは、深夜零時に一階のシャッターが閉まってしまう。そのため、遅くとも十一時には出ていかなければならないという決まりがある。また、時間をオーバーしてしまった。

ふと、沼尻室長のデスクを見た。何かもわからない水生生物の骨格標本が、二つ、増えていた。

沢崎家の家庭訪問から一週間が経っていた。花枝からはその後クレームもなく、仲田明日彦は相変わらず琉斗くんの指導のため、週に二回、沢崎家へ通っている。仲田には、家庭訪問の結果何もなかったとメールで連絡し、今後もおかしなところがあったら必ず連絡を入れるようにと記しておいた。その日のうちに電話がきて、このあいだの肘の打撲はバレーボールのときに作ったものだと、琉斗くん自らがしゃべったことを告げられた。

リサの言うとおりだった。ということは、鳥籠の件もそうなのだろう。喫煙に対する、並々ならぬ嫌悪。それが時に息子を怯えさせている。――もしそうだったとしても、それは虐待の範疇ではない。リサの言うとおり、所詮、「その家の事情」にすぎないのだ。

――覚えておいて、原田主任。

正体不明の骨格から、沼尻室長の声が聞こえた。

――俺が上に行ったら、意味不明な児童ケア研修なんて、やめさせてやるから。

助けを求めることができない子どもに手を差しのべるのは、家庭教師派遣業の役目ではないというのか。鬼子母神の一件で、私は調子に乗っていたのだろうか。

何かの音がしたのはそのときだった。

ロッカールームの隣、物置として使っている部屋の扉が少し開いている。……と、両手に教材を抱えた女性が一人、出てきた。新人の、清遠初美だった。

「なんだ、まだいたのか」

「あっ、はい。室長に、整理をするように言われていて」

「十一時までに出なきゃいけないの、知っているだろう。続きは明日にして、帰りの準備をしなさい」

「はい」

清遠は自分のデスクまで教材を持ってきて置くと、ぺこりと私に頭を下げた。何となく、連れ立ってロッカーのほうへ足を進めていくと、彼女は立ち止まり、「主任」と私のほうを振り返った。

「どうした？」

「聞きました。鬼子母神の一件」

「ああ……」

「私、尊敬します、主任のこと。そういうのって、おかしいって思っていても、なかなか声かけられないじゃないですか」

いささか、気恥ずかしい気持ちになる。

「しかし、このあいだの江古田のことも聞いただろう。変に張り切って、失敗してしまうこともある」

「失敗だと、私は思いません。虐待はどこで起こっているかわかりませんから。ちょっとでも疑ったら、おせっかいになったとしても首を突っ込むべきだと私は思います」

彼女は熱を帯びた口調でそう言うと、私の顔を真剣に見た。

「私もいずれ、『訪問担当』、目指そうと思っているんです。そもそも、その方針に魅力を感じて、この会社に入ったんです」

「そうだったのか。頑張れよ」

素直に、その言葉が出た。彼女は嬉しそうに微笑んだ。

「主任も、続けてくださいね、家庭訪問」

彼女はそう言って、女性用のロッカールームへと入っていった。

私はもう一度、誰もいない室長のデスクを振り返る。まだ変わるには早い。かつてそこに座っていた国尾室長に言われている気がした。

新しいミントのガムを買って帰ろうと考えた。

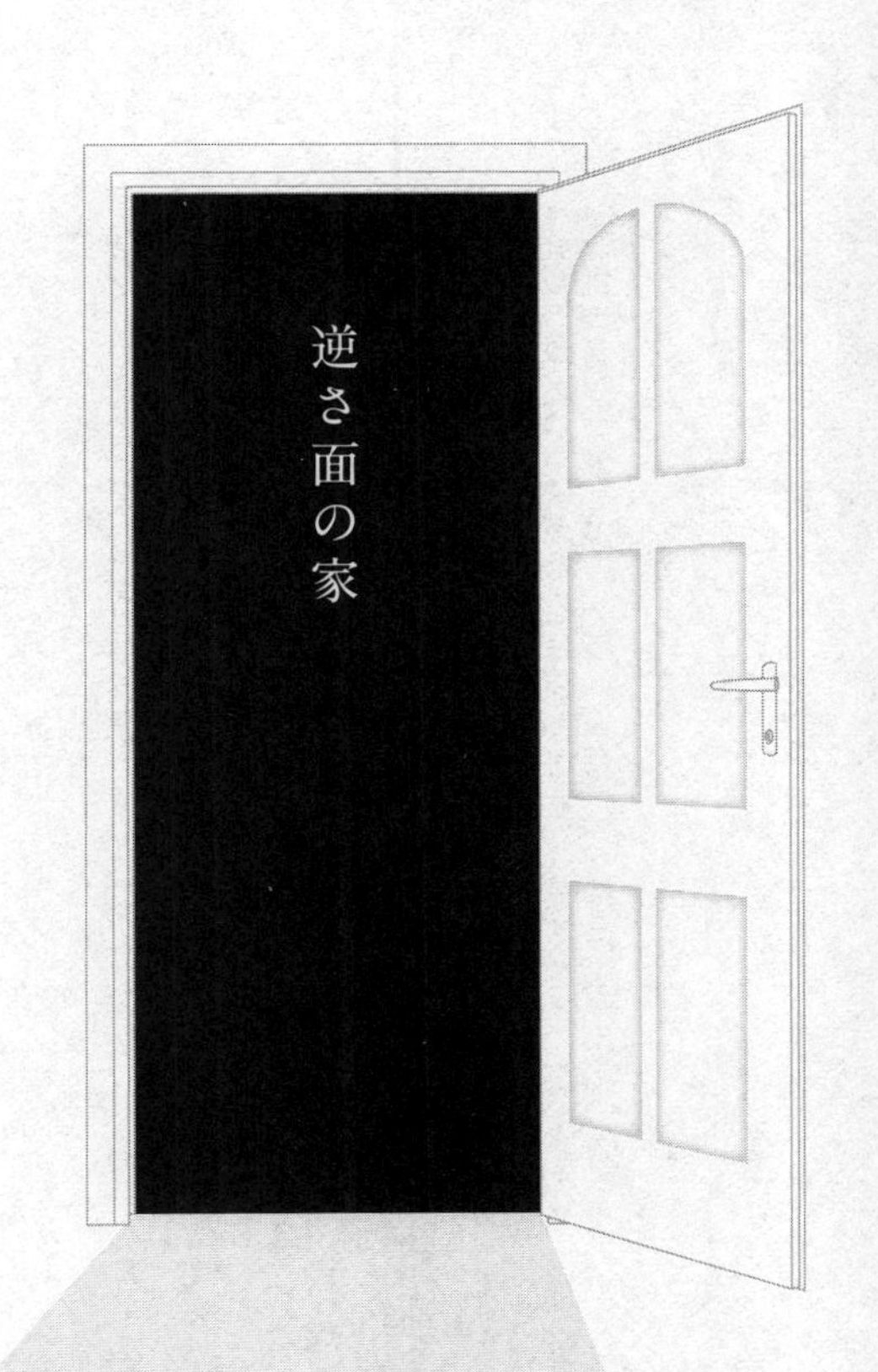
逆さ面の家

1

「あの、原田主任」

 清遠初美が申し訳なさそうに話しかけてきたのは、木曜日の午後七時過ぎのことだった。書類業務や、保護者の質問へのメール返信などを終えており、明日以降の仕事を少し片づけてから八時前には帰ろうと思っているところだった。

「この、神原早千江さんの定期面談を、今、やっている最中なんですけれど」

 清遠はデスクにいる私に顔を寄せるようにかがみ、声を潜めながらファイルを差し出してきた。受け取って開く。神原早千江は、都内の国立大学の大学院生であり、《家庭教師のシーザー》に登録をして四年目の講師ということだった。

 現在、《家庭教師のシーザー》池袋教室には三百人ほどの登録者がおり、そのほどんが池袋近辺に家庭教師として派遣されている。デスクの職員は十人いるが、そのうち八人が彼らの担当である。自分の担当ではない講師とは話すことがまったくないので、神原早千江のことは知らなかった。

担当職員の欄を見て、「島塚美緒」の名を確認した。

私と同い年の職員だが、つい最近、産休に入ったのだ。四十数名いる彼女の担当講師は、沼尻室長によって他の職員たちに割り振られた。最近、中途採用された清遠にも五名振り分けられたと聞いている。

「何か、問題があったのか」

「問題というか、その……」

清遠は困ったように、右耳に髪をかける仕草をした。

家庭教師派遣業というのは、教室型の学習塾とは違い、管理の職員と現場の距離が遠い。登録講師たちには指導方法を教え、派遣前に模擬指導をするとはいえ、実際の現場でどういう指導が行われているのかは把握しにくいのだ。毎回の指導について保護者が意見を書き込むことができるウェブサイトがあるため、家庭からの評価はそれで一応は把握することができる。もちろん、講師側からも気になることがあれば担当職員にメールを打つこともできるが、面倒がってしない講師も多い。そこで、定期的に登録先に足を運んでもらい、担当職員と話す機会を設ける必要がある。

とはいえ、指導力に優れ、家庭からも評価のいい講師の場合、この面談はすぐに終わる。私の担当している講師の中にも、毎回五分ほどしか面談をせずに済む講師は十人以上いる。ファイルを見る限り、神原早千江はこのタイプの講師らしかった。去年までの三年間、主として高校生の数学、化学、英語を担当しているが、そのうち二人は志望校にきちんと合格させているし、家庭からの評価も上々だった。

新入社員の清遠に、指導について悩みを抱える新人講師や、派遣先の家庭の文句を延々と語るような講師を任せられるはずはない。室長もそれを考えたうえで、島塚美緒の担当の中から、あまり面倒を起こさないような講師を清遠に振り分けたものと見える。

「この、熊井鈴花さんという生徒のことなんですけれど」

私の持っているファイルのページを何枚かめくり、清遠はその派遣先の生徒のデータを指さした。「熊井鈴花、小学校六年生、女子」とある。住まいは目白四丁目。池袋からは山手線で一駅だ。指導希望科目は「算数・理科」中学受験コースに丸がつけられ、志望校は精桜女子大付属となっている。神原早千江が彼女を指導しはじめたのは、二か月前の九月からであり、備考欄には「リーム・アカデミア。宿題補佐」と書かれていた。

「神原さんが言うには、最近、骨折をしたそうなんです」

ただならぬ言葉に、私は顔を上げた。

「本人は、階段で転んだって言っているそうなんですけど、ちょっと怪しいそうで。そもそもこのお宅、家自体が少し変わっているって言うんです」

「変わっている、とは？」

少しだけ、胸の奥がざわめいた。

「とにかく、神原さんのお話を一緒に聞いてもらえると、ありがたいんですが」

困り果てた顔だった。ついこのあいだ中途採用されたばかりの彼女には、初々しさと頼りなさがある。

「わかった」

私は立ち上がり、彼女について〈面談室1〉へ入った。

「こんばんは」

挨拶をすると、面談室の中で待ち受けていた彼女は立ち上がり、礼をした。

「神原です」

短い髪。ピンクのメタルフレームのメガネをかけている。灰色のゆったりしたニットに黒いパンツという、落ち着いた（というより地味な）いでたちだった。私と清遠は、彼女の正面に並んで腰かけた。神原も腰を降ろす。

「担当は島塚だったんだね」

「はい。島塚さんにはだいぶお世話になっています」

女性にしては低い声だった。真面目で、勉学に実直であるという雰囲気が伝わってくる。一対一の学習指導ではたしかに、効果をあげそうな雰囲気だ。

「急に小学生を任されることになって、大変だったね」

先ほどファイルをざっと見ただけだが、彼女は過去三年間、高校生の女子しか担当してきていない。それが今年になって、小学生を割り振られた。高校生とはだいぶ勝手が違うはずだ。

小学生に家庭教師をつけようという親は概して教育熱心であるが、中には、「大人数制の塾では友だちとつるんでしまってまったく勉強しない」という理由もある。熊井鈴花もそういう生徒なのではないかと私は見当をつけたのだった。

真面目な高校生ばかり指導してきた講師が、まったく勉強に集中しようとしない小学生に手を焼くというケースはたまにある。過去の事例に照らし合わせてアドバイスをしようと、私は考えはじめていた。

しかし、神原は「いえ」と答えた。

「後期は水曜日の夕方からの時間が空いてしまい、少しお金も必要だったので、もし新しい仕事があったら紹介してくれませんかと、私のほうから島塚さんに頼んだのです。しかし、新たに大学受験対応となると志望校の問題傾向をつかむため、過去問を研究しなければなりません。そこへいくと、中学受験ならばなんとか少ない時間で対応できるだろうと思ったのです。島塚さんに相談したところ、熊井鈴花さんの件を紹介されました。熊井さんは《リーム・アカデミア》に通っていて、そこで受験指導をしてもらっていますが、成績が伸びず、宿題にも身が入っていないそうです。その宿題を一緒にやって、わからないところを教えてほしいということだったのです」

備考欄のメモの内容がようやくわかった。つまり、塾の宿題を横について見ていてほしい、というのだ。わざわざ家庭教師を雇うことでもないと思うが、こういう家庭もたまにはある。

「なるほど、事情はわかった。それで……、彼女の骨折について何か気になることがあるとのことだったね」

「はい。その、骨折なのですが」

神原の顔は曇った。

「ひょっとしたら、ご両親のどちらかによるものなのかもしれないのです」

2

熊井さんの家は、目白の住宅街にあります。外観は白いコンクリートで三階建て、狭いながらも駐車場もあります。

玄関を開けるとまず目に飛び込んでくるのは、白い階段とドア。そして、左側にそびえる壁です。玄関の上は三階まで吹き抜けになっていて、壁も同じだけの高さがあるのですが……、人の顔が浮き出ているのです。

そうです。人の顔です。白い石膏で作ったような、顔です。

私の通っていた高校には、美術室に、外国人の女性と男性の石膏でできた胸像が置かれていたのですが、イメージできますでしょうか。

はい。あれに似た人の顔が、壁に塗りこめられているというか……、やっぱり、壁から浮き出ていると言ったほうが適切でしょう。数えたわけではないですが、三十から四十はあると思います。すべて違う顔で、すべて女性、半分くらいが外国人のような気がします。さらに不思議なことに、それらの顔はすべて、逆さなんです。

はい。ですから、「逆さ面の壁」とでも言うべきでしょうか。私は、この池袋教室でお世話になって以来、いろいろなお宅にお邪魔させていただきましたが……、こんな言い方は失礼ですが、最も奇妙なお宅です。

初めてお邪魔した日には、玄関先で鈴花さんとお母さんが出迎えてくださったのですが、私は壁から目をそらしてしまいました。あまりじろじろ見るのも、立ち入ったことを訊くのも失礼だと思いましたので。

玄関を上がってすぐの一階には、ご両親の寝室と、バスルームがあります。階段を上って二階がダイニングとリビングがつながったお部屋。さらに上って三階に、鈴花さんのお部屋と、お父さんの書斎があるのです。

私が熊井家を訪れるのは毎週水曜の夕方五時のことです。お母さんが出迎えてくださり、二人で鈴花さんのお部屋まで上がります。鈴花さんのお部屋は広くてシンプルで、スチール製の机と椅子、本棚とベッドがあります。

初めて指導した日には、明るい子だなという印象を受けました。そのぶん、成績には無頓着で、テストの点数が悪くても気にすることはないのです。受験を本当にしたいのかと訊ねると、「しなきゃ、お祖父ちゃんが怒るし、お母さんが悲しむから」と言うのです。特にお祖父ちゃんは「これからは女も学歴がないと相手にされない」と口癖のように言うと。自分から進んで前向きに取り組もうというより、お祖父ちゃんを納得させるためにやっているという印象を受けました。

もう一つ気になったのは、彼女の指です。うまく説明できませんが、関節と関節のあいだが太くなっていて、皮膚が固くなっているんです。何というか、芋虫のような……。変な詮索をすれば彼女を傷つけてしまうかもしれない。そう思って、触れないようにしていました。

初めは、私のほうが緊張していたようですが、二週間もするとだいぶ打ち解けてきて、彼女はいろいろなことを話してくれるようになりました。そしてあるとき、彼女は休憩中に自分から訊ねてきたのです。

「先生は壁の顔を見て、何も思わないの？」と。

もちろん変だとは思っていましたが、そう答えていいものかどうか迷っていると、彼女はその顔のことについて話してくれました。

そもそもあのお宅は、鈴花さんのお父さんが友人から借りているものだそうです。お父さんは大手の出版社でスポーツ雑誌の編集をしており、友人というのは、仕事を通じて知り合った建築デザイナーです。あの壁のある家は自ら設計したものだというのです。

家が建てられたのは五年前で、当初はそのデザイナー本人が住んでいたのですが、もう一度勉強をし直すとヨーロッパに行ってしまい、帰ってくるまでのあいだ、熊井家が借り受けることにしたのです。鈴花さん自身はその建築デザイナーに会ったことがなく、お母さんも、鈴花さんが生まれたころにお祝いを言いに来てくれたときに初めて会い、その後は数えるくらいしか会ったことがないそうです。お父さんからは「昔から変わったやつなんだ」との一言があったきりで、妙な壁があっても別に生活に支障はないし、家賃も格安なんだから文句を言うなということでした。

初めは奇妙に思っていた鈴花さんでしたが、住んでいるうちに慣れていき、今では気に入っていると言っていました。彼女が明るいのが何より大切だと思いましたので、私はそれ以上、壁の逆さ面を気にするのをやめました。

そして、昨日のことです。いつものように指導に行くと、彼女が右腕をギプスで固め、三角巾をしていました。どうしたのかと訊ねると、鈴花さんは日曜に階段から転げ落ちてやってしまったと答えました。上腕骨と肩甲骨を骨折してしまったと、お母さんがそばで説明しました。二日間入院し、水曜から学校には普通に通っているといいます。左手でシャープペンシルを持たなければいけないからやりにくいが、それ以外は勉強に差し支えがないというのでいつも通り指導しましたが、やはり彼女は目に見えて意気消沈していました。

集中力もすぐに切れてしまうので、いつもより早めに休憩を取り、「今日はやめておきますか？」と訊ねますと、彼女は首を振り、「早く再開しよう」と言うのです。

何かあったのかと彼女に訊ねると、長い沈黙の後、彼女は言いました。

「もう、お母さんが信用できない」と。

どういうことかと訊ねると、彼女は理由を言わず、そればかりか、震えながらさらに付け加えました。

「お父さんも、信用できないかもしれない」

3

「結局昨日は、それ以上勉強を再開することもなく、二人で沈黙したまま時間まですごしました」

神原は顔を伏せたまま言った。

「塾の宿題はほとんど手を付けることができず、反省しています」

「それはいいが」

私は胸騒ぎを覚えていた。

「それより、『お母さんが信用できない』とはどういう意味なんだろう」

「わかりません。しかし、何か、よからぬことが起きているような気がします」

清遠のほうに視線を移すと、彼女も困ったように私を見ていた。

上腕骨と肩甲骨を骨折。……もしこれが親によるものだとしたら、問題だ。——紺色のシルクハットをかぶり、黄色いマフラーを着け、尖りすぎたニンジンの鼻を持つ雪だるまの赤い目が、私を見ている感覚にとらわれる。

「母親からの書き込みはなかったのか？」

雪だるまの残像を頭から払拭するように訊ねると、清遠は首を振った。

「何もありません」

「虐待、ということも考えられるか」

私の言葉に、神原は背筋を伸ばした。

「家庭訪問、してみるか」

「ぜひ、お願いします」

「あの」

清遠が口を開いた。スーツの上着の胸ポケットからボールペンを取り出している。

「神原さん、すっかり忘れていましたが、熊井鈴花さんの指導はどうですか？　塾のテストの成績は上がっているのでしょうか」

脱力しそうになる。こんな深刻な話をしたあとで、通り一遍の質問だ。

「算数、理科共にまったくです」

神原は今までのことなど何もなかったかのように答える。

「そもそも基本ができていません。ただ、理科の中でも力学は得意なようです」

「力学？」

清遠は訊き返した。

「はい。てこの原理であるとか、天秤であるとか、輪軸であるとか、そういった類いの問題です。モーメントの原理は簡単なのですが、重りを複数使う問題や、天秤の棒そのものに重さがある問題など、けっこう難しいのです」

私も学生時代、学習塾でアルバイトをしているときに受験理科を担当したことがあるので言いたいことはわかった。

「鈴花さんは、かなりレベルの高い問題でも答えを当てることができます。以前に通っていた塾でみっちりやったからだと言っているのですが、その割には生物、化学などの分野はまったく覚えていません。地学、特に天文分野になるとその知識は壊滅的で、地球の周りを太陽が回っていると本気で思っていたほどです」

私は苦笑した。小学校六年生の女の子なら、それくらいの勘違いはしょうがないだろう。

「そうですか。できるところを褒めて、科目全体を得意にするということができないかと思うんですが」

「難しいでしょうね。受験までにすべての分野が最低限できるようになるかどうか。そもそも、受験自体を考え直すべきかもしれません」

「まあ、それはこれからの神原さんの頑張り次第だろう」

私はそう口を挟み、面談を締めくくった。

4

「ああ、またですか」

家庭訪問の申請書を提出しに行くと、沼尻室長は明らかに嫌そうな顔をしながら、バーバリーのハンカチでタツノオトシゴの骨格フィギュアを拭きはじめた。

「このあいだのことで懲りたと思ったら」

「熊井さんは、骨折をしているんです」

私より先に、清遠が言った。訪問担当でもないのに、自分が担当している講師の生徒のことですからと、提出に立ち会うことにしたのだった。デスクの職員が何人か、こちらを見るのがわかった。

沼尻室長は手を止め、清遠の顔を見る。

「清遠さんも、家庭訪問したほうがいいと思うの？」

「はい。というか、私のほうが無理を言って原田主任に面談に同席していただいたんです」

ちらりと私のほうを見る室長。私は沈黙したまま肯定した。

ふっ、と馬鹿にしたように笑うと、室長はタツノオトシゴの骨格を他のフィギュアと同じように並べた。

「先週本社で行われた室長定期報告会で言ったんだ、江古田の家庭訪問の件」

背筋が伸びる思いだ。

「勇み足のかどで処分されるんじゃないかと思っている？　ところが、その逆だよ。……正直なところを言うと、俺も家庭訪問を自重するように言われるんじゃないかと期待していたんだ。そうすれば、主任にも大手を振って『家庭と深く関わるな』と言えるからね」

ぎっ、と室長の座っている椅子の背もたれがきしんだ。

「しかし、本社の統括長は『それはいい傾向だ』とにこやかに言い放った。児童相談所、だっけ？　その当局からよく褒められるんだってさ。当社の社会的評価を上げるにはいいチャンスだと。しかも池袋教室には鬼子母神のヒーロー、原田主任がいることがわかっているからね。どんどんやれという雰囲気だったよ」

ふう、と一息ついた。

「現場のことを何も知らない上の人間の意見だ」

清遠がちらりと私の顔を見た。室長に対する反発心のこもった目だった。

「だから、主任が家庭訪問をしたいというなら、正当な理由がなければ止めるわけにはいかないいね」

「それでしたら」

「ああ、行ってくればいいさ」

あきらめたように、室長は言った。

「そんな、投げやりな感じでいいんですか」

よせばいいのに、清遠は食ってかかる。

「何、やっぱり清遠さんも、原田主任派なわけ？」

「そんな、誰派とかそういうことではなく、熊井さんが心配だと言っているんです。『もう両親のことは信用できない』って。それに、骨折まで」

他の職員はいよいよ興味深げに、ごまかすこともせずにこちらを見ている。沼尻室長は気まずそうに姿勢を正した。

「そんなに興奮しないで。そうだ、清遠さんも一緒に行ってくればいいんじゃないのかな」

「えっ」

「清遠さんも、訪問担当希望なんでしょ。そのうち研修を受けに行きたいって言ってたじゃない」

「はい」

清遠は望外のことだとでも言いたげだ。今、室長を非難しようとしていたばかりなのに、目を輝かせている。こうなると、戸惑うのは私のほうだった。

「しかし、清遠さんはまだ……」

「いいでしょ。そもそも訪問担当というのは便宜的な名称であって、別の職員が代行してもいいんだから。このあいだの定期報告会では、訪問担当の肩書きにこだわらず、他の職員も積極的に家庭訪問に行くべきだとか、統括長は言っていたよ」

まるで、家庭訪問を推進させようとしている立場のようだ。

「お願いしますよ、原田主任」

沼尻室長は薄笑いを浮かべながら、書類に判を捺（お）した。

5

熊井鈴花の母親にアポイントをとり、家庭訪問を実施するのは、翌週の月曜日の午後三時ということになった。私と清遠は目白駅で待ち合わせ、歩いていくことにした。共に歩きはじめたが、彼女はすぐに遅れてしまう。

「どうしたんだ？」

「初の家庭訪問だと思って、昨日、パンプスを買ったんですよ。でもなんだか、小さいみたいで」

　痛そうに顔を歪めた。

「サイズを確認しなかったのか」

「しましたよ。どうしたんだろう。一日で足がむくんじゃったのかな」

紺色の、あか抜けないダッフルコートを着た彼女は、まるっきり頼りない女子学生だった。

「ところでこれ、こっちで合ってますか？　わかんなくなっちゃった」

　地図アプリを見せてくる。もう一分も歩けばたどり着く場所まで来ていた。私は彼女を促し、再び歩き出す。

「そこの角を曲がって、すぐ右の道に入ったところだろう」

やがて、「ＫＵＭＡＩ」と書かれた銀色の郵便受けのある家の前にやってきた。細長い、外壁の白い家だ。印刷物を一時的に保管しておく倉庫を思わせた。

インターホンを通じて家庭訪問の旨を告げると、すぐに玄関が開いた。現れたのは細い体つきの、髪の長い女性だった。熊井鈴花の母親で、資料によれば熊井苑佳（そのか）という名前だった。両手をドアに添えたその立ち姿が、どことなく不安げに映る。

「このたびは、すみません」

彼女はそう言って、頭を下げた。

「どうぞ、お入りください」

私たちは頭を下げ、玄関に入る。すぐ左手が、問題の壁だった。

「わ」

清遠は素直に反応した。私は好奇の目で見まいと覚悟してから入ったつもりだったが、どうしても目がいってしまう。三階分の高さがある、石灰質のような白い壁。壁と同じ白い素材でできた女性の顔が、逆さに浮き出ている。神原の言うところの「逆さ面」は、ほとんどが目を閉じていた。リアルなので、実際に型を取ったものなのかもしれない。

「驚きますよね、すみません」

苑佳は言った。すみません、と謝るのが口癖のようだった。

「あ、いえ……」

「いいんです。驚くのが当然なんです。この家、主人の友人から借りているんですが、その友人がちょっと変わった方でして。アーティストと言いますか」

彼女は、神原が面談室で私たちに伝えた話をほぼそのまま繰り返すように説明した。

私は「ああ、そうですか」「そうなんですね」と、初めて聞くような反応を心がけた。

清遠も、私に調子を合わせてうなずいていたが、

「すみません、靴べら、あったらお借りできますか？」

と訊ねた。サイズの合わないパンプスが脱げないようだ。

「そこの、靴箱の中にありますのでどうぞ」

「はい、失礼します」

靴箱の扉を開くと、すぐ内側に靴べらがぶら下がっている。それを取りながら清遠は「あれ」と手を止めた。

「どうした？」

「……いいえ、なんでもありません」

彼女はパンプスを脱ぎ出す。興味があるのか、逆さ面の壁を見上げている。

「上へどうぞ。急な階段ですみません」

清遠が靴べらをしまうと、苑佳は言った。スリッパを履いて階段を上り、広いリビン

グダイニングに通された。

テーブルにつくように私たちに告げ、苑佳はキッチンへ入っていく。テーブルには椅子が四つ。少し狭いが、家族三人で食事をとるには充分だろう。テーブルの隅には、《リーム・アカデミア》の、赤い丸と青い三角形のロゴがプリントされた白いA４サイズの封筒が一つあった。

清遠と並んで腰かけ、部屋をそれとなく観察する。テーブルから少し離れて二人掛けのソファーと丸いガラス製のローテーブル。ローテーブルの上には新聞と雑誌数冊、郵便物が置かれている。ソファーの向こうにはベランダがあるが、隣の家が迫っていて採光性は悪そうだ。ベランダの脇にはオリーブ色の木製の棚があり、豪勢なガラス製の盾が飾られている。盾の横に写真立てが伏せられているのが少し気になった。

キッチンと逆の壁には窓があり、その向こうが吹き抜けになっている。私の座っている位置からは玄関ドアの上についている採光窓が見えるだけで、逆さ面の壁は見えない。

「こんなものしかなくて。お口に合うかどうかわかりません、すみません」

苑佳は紅茶の入ったティーカップと、クッキーの載った皿を運んでくると、私たちへ差し出した。

「どうぞ、お構いなく。このたびは、急にうかがうことになり、申し訳ありません」

「とんでもないです。本当に、出来の悪い子ですみません」

「そちらの封筒は？」

「あ、塾のテストの結果なんです」

苑佳は封筒から一枚の紙を出した。《リーム・アカデミア》のロゴと、「単元達成テスト」という表題の下に、ひと月ごとの単元テストと、その成績がまとめてあった。国語、社会は平均点を取っているが、算数、理科は二十点台から三十点台が続いている。それでも先月の算数は五十点台まで上がっていた。

「やはり理数が弱いですね」

私は素直にそう言った。

「そうなんです、すみません」

「謝ることはないですよ。そのために、うちの家庭教師を派遣しているわけですから。算数の成績は少し上がっているようですが、どうでしょうか。鈴花さんは、手ごたえを感じてはいますか？」

「上がったって言っても五十点でしょう。それより理科の点数が上がらないことを悲観しているようです」

娘の意見ではなく、自分の意見であることを、私はすぐに見抜いた。

「放課後も友だちと遊ばせずに勉強をさせようとしているんですが……。あの子、受験、ダメな気がするんです」

「そう否定的になってはいけませんよ」

常套句で慰めたが、彼女の言うとおりだった。

熊井鈴花が第一志望とする精桜女子大付属中学は、受験科目が四科目で、理数の比重が大きい。算数と理科がこの成績では、合格は難しいだろう。正直なところ、この成績でどうしてこの学校を志望したのかと首をひねりたくなるほどだ。やはり、女性にも学歴が求められる時代だという、祖父（苑佳の父親にあたると思われる）の意見が強いのだろうか。

いずれにせよ、この家庭では《家庭教師のシーザー》は補助的に利用されているだけであり、メインは《リーム・アカデミア》なのだ。他の学習塾の学習指導方法やテストの内容について、深く突っ込むことはない。そもそも、私と清遠が今日この家を訪れた真の目的は――

「鈴花さん、理科でも、得意な分野がありますよね」

突然、清遠が口を開いた。苑佳は顔を上げた。

「ほら、この四月のテスト。これはまだうちの家庭教師を派遣する前ですが、ここはとてもいい成績です」

彼女が指さしたのは資料の一部だ。見落としていたが、たしかにそこだけ八十三点という高得点を取っている。

「たしか、てことか、輪軸とか、そういった分野じゃなかったですか？　神原さんもそう言っていたけれど」

　自社から派遣している講師に「さん」をつけるなど社会人らしからぬ言葉遣いだ。私は清遠をたしなめる視線を送ったが、彼女は気づいていなかった。

「ええ、まあ、そこだけは得意みたいです」

　苑佳も別に気にした様子はなかった。

「得意なところを褒めてあげると、その科目全体の成績が上がるということも……」

「もう、そんなことはやり尽くしているんです」

　苑佳の口調には険があった。女性の清遠に対して、反発心があるのだろうか。

「この単元みたいに、あなたはやればできるんだから……とか、どうして算数ができないのに、天秤や輪軸ばかりできるのか……とか」

　全然褒めていない。それどころか、てこや輪軸の問題が解けることを疎ましく思っているようにも聞こえる。

「あの子、全然、やる気を出すそぶりを見せないで。宿題も、以前は全然やっていなくて……、私が何度言ってもごまかすばかりで。たまに父がやってきてチェックするんですけど、そのときにやっていなかったらもう、すごい剣幕で怒られて」

「鈴花さんの受験は、お父様の方針ですか？」

清遠が余計なことを訊いた。私はとっさにフォローしようとしたが、

「ええ」

苑佳の答えのほうが早かった。

「女性も学歴の時代ですから。あの子、公立の高校に進んで普通に大学受験をしたんじゃ、絶対に失敗するって。それよりは今、大学まで上がれる中学校に入っておいたほうがいいと……、でもやっぱり、無理ですよね、この成績じゃ。父は強く言うだけ。夫も仕事。結局、私が一番あの子の面倒を見なくてはならなくて……」

経験上、ここで歯止めをかけなければ、愚痴による負の螺旋に落ち込んでいくことは目に見えていた。成績不振の子を持つ母親というのは常に、愚痴を聞いてもらう相手を求めているものだ。

「鈴花さんのお部屋を拝見させていただいてもよろしいでしょうか」

苑佳は顔を上げた。

「これは、家庭訪問をさせていただいているお宅すべてにお願いしているのですが、しっかり勉強のできる環境が整えられているかどうか、拝見させていただきたいのです」

苑佳は少し考えていたが、「ええ、いいですよ」と立ち上がった。

「また急な階段で申し訳ありませんが」

階段を上ると、手すりの向こうが吹き抜けになっているのがわかった。手すりは、私

の胸くらいの高さだ。何とはなしに、下を覗いてみる。玄関が見えた。

ふと、鈴花の骨折のことが頭をよぎる。

彼女は、ひょっとしてここから？　これくらいの高さなら、体を持ち上げて落とさなければならない。――殺意。……いや、そんなことをすれば、骨折くらいでは済まないだろう。

頭の中に、女児の泣き叫ぶ声が聞こえてきた気がする。――暗い窓辺の、雪だるまのぬいぐるみ。男の怒号、殴打する音。許して、許してと叫ぶ声――。

「こちらです」

苑佳の言葉に、我に返る。二つあるドアのうち、手前のほうのドアのノブに、彼女は手をかけていた。たしか奥のほうは、鈴花の父親の書斎だと言っていただろうか。

苑佳はドアを開き、電気をつけた。子ども部屋にしては広かった。灰色の絨毯素材の床で、入って右側一面がクローゼットになっており、その前に赤いバランスボールが一つ、転がっていた。正面は窓。カーテンが引いてあり、外は見えない。

「どうでしょうか……」

「ええ。勉強に集中できそうな部屋ですね」

私は答えながら、どこか違和感を覚えていた。

「本とか、漫画はないんですね」

清遠が言った。机と壁のあいだに、黒い三段式のスチール本棚がある。最上段には学校の教科書とノート類、二段目には塾のテキスト類と、市販の参考書が整理されている。最下段は空っぽだった。

「ええ。そういうのにはあまり、興味がないみたいです」

「携帯は、持っているんですね」

清遠はベッドの枕元を指さす。ベッドに作り付けのコンセント差込口に充電器のアダプターが差しっぱなしになっていた。

「はい。塾が終わったときに連絡を入れる用に」

「友だち同士でＬＩＮＥのやりとりをして、夜更かしをしたりは」

「学校の友だちとはあまり関わらないようにさせています。ゲームもできないように制限しています」

どうも清遠の質問に対して答えるときには、言葉に険が混じる。そのとき、階下で電話が鳴る音がした。

「あ、電話。ちょっと、いいですか？」

「ええ」

「すみません」

6

「主任、この本棚、おかしいと思いませんか？」

苑佳が部屋を出ていき、階段を下りる音が遠ざかるのを待ってから、清遠は私の顔を見た。

「何がだ」

「一番下の段に、何もありません。本当は何か、入っていたんじゃないでしょうか。それを、私たちが部屋を見ることを察して、片づけた」

「母親がか？」

「はい。きっと、私たちに見られたらまずいものがあったんですよ」

清遠は立ち上がる。

「小学校六年生の女の子と言えば、いろんなことに興味がある年頃です。親の言うことをきいて受験勉強に没頭している子なら違うかもしれないけど、鈴花さんはそうじゃないみたいですよね。でも、この部屋には漫画はないし、テレビもない。お母さんの話を信じるなら、友だちとも遊ばないし、ゲームもしない。でも、神原さんの話によれば、少なくとも骨折前は明るい性格だったんです。……いったい、何を楽しみに日々すごしているんでしょう」

「さあ」

小学校六年生の女の子の好き嫌いなど、わからない。女である清遠は何かに気づいたのかもしれない。

「虐待はあると思うか?」

「どうでしょう? あれは、どうですか?」

清遠の目は、クローゼットの近くのバランスボールに向けられていた。

「体を鍛えている、ということか?」

清遠はあいまいにうなずきながらクローゼットの把手(とって)に手を伸ばす。止めようかとも思ったが、中に虐待の証拠でも見つかれば、児童相談所に報告することができる。しかし、クローゼットの中には、透明なチェストと、洋服のかかったハンガーがいくつか、そして掃除機が一台あるだけだった。

「変わったものは、なさそうですね……あれ」

彼女が手に取ったのは、チェストの上に置いてあったひと巻きのロープだった。青くて、プラスチック素材のようなものでできている。細いが、強度はだいぶありそうだった。ロープのそばには、何に使うのか、滑車があった。

「そういえば、彼女は天秤や輪軸といった力学的な分野は得意なんだったな。何か、実験でもしているのか」

「それに近いものかもしれません」

清遠はなぜか満足げに言うと、ロープを戻し、クローゼットを閉めた。ここへ来るまでのあいだの、女子学生のような表情はもうなかった。

彼女は廊下に出ていった。私もついていく。

「やっぱりこの壁、不思議ですよね」

清遠は手すりにもたれ、顔面の壁を見ていた。

「ああ。建築デザイナーの感性がよくわからない」

「外国人が多いですね」

見回していると、ぱしゃりと音がした。清遠はいつのまにかスマートフォンを取り出し、その壁の写真を撮っていた。

「清遠、写真はまずいだろう」

「いけませんか？　これが、鈴花さんの骨折の謎を解くカギになるとしても」

「やはり、何か、気づいたというのか」

清遠は何も言わず、微笑(ほほえ)んだ。

「下りましょう」

二階に戻ると、苑佳はテーブルに左手をつき、右手にコードレス電話を握っていた。

「はい、はい。……わかりました。では主人と相談して日取りを決めて、またお電話を差し上げます。……はい、よろしくお願いいたします」

電話を切り、私たちのほうを見て「すみません」と頭を下げる。私は会釈をして椅子に腰かけるが、清遠は立ったままだった。何か考えがあってのことだろうか。私は彼女のしたいようにさせようという気になっていた。

「紅茶、冷めてしまいましたね。新しいのをお持ちします」

コードレス電話を置くと、私たちのティーカップを取り、キッチンへと消えていった。間髪を容れず、清遠はソファーのほうに足を運ぶ。彼女が手を伸ばしたのは、オリーブ色の棚の、伏せられた写真立てだった。写真を見て、私のほうを振り返り、手招きをする。

苑佳に気づかれないように近づいて、見てみると、体操のユニフォームを着て、両手を上げ、誇らしげな顔をしている男性が写っていた。飾られているガラス製の盾には「兵庫県高等学校体操選手権大会　総合二位　熊井清高」とある。

「お父さん、体操選手だったんですね」

私はローテーブルに目を移す。積まれているのは『STROKE』というスポーツ雑誌だった。表紙は、カヌーを漕ぐ選手の写真だ。父親はたしか今は、スポーツ雑誌の編集者をしていると言っていた。この雑誌だろうか。

雑誌の横に《キャンティ画廊》と書かれたハガキが置かれていた。スポーツ雑誌の編集者に画廊からのダイレクトメール……編集者は職業上、様々な分野と交流があるだろうからさして不自然ではないが、宛名にカタカナがあるのが目についた。「新田ルキア」という珍しい名前だ。間違いで届いたのだろうか……いや、この家のもともとの持ち主宛てのものだ。これこそ、逆さ面の壁を作った建築デザイナーの名なのだろう。

キッチンから苑佳が出てきた。私たちがソファーの近くにいることを見て取り、不審な顔になっている。

「何か？」

「いえ、写真立てが伏せられているのが気になったものですから」

家庭訪問なのだからこういう事情も知っておいて当然だ、という態度をとった。彼女もとがめることはなかった。

「鈴花さんのお父さん、体操をやられていたんですね」

「高校時代の話です」

関心なさげに言って、彼女はティーカップをテーブルに置く。

「大学生のころに怪我をしてしまってやめたんだそうです。今でも誇らしい思い出らしく、そうして飾っているんです……どうぞ」

私たちはテーブルへ戻る。ティーカップを口に運ぶと、ハーブの香りが鼻をくすぐった。清遠もティーカップに口をつけ、「おいしい」と微笑むと、ソーサーに置いた。

「お父さんが体操を始められたのは、いつのことですか？」

体操の話はもう終わりにしたつもりだったが、清遠は訊ねた。苑佳は怪訝そうに私を見たが、私が何も注意しないと見るや、清遠に視線を移した。

「小学生のころだと、聞いていますけれど」

「やっぱり」

「何ですか？」

「お父さんは小学生のころから体操に夢中だった。鈴花さんにも、本当は勉強じゃなくて、スポーツをやらせたいんじゃないですか？」

その言葉に、苑佳の表情が変わった。

「あるいは、もうやらせているとか」

「まさか！」

苑佳は興奮していた。

「あの子、受験をするんですよ。そんな、スポーツなんかやっている暇、あるわけないじゃないですか」

「そう、塾に言われたのですね？　だから、私たちにも隠した」

私は、清遠がこの母親の「隠し事」の核心に迫ったことを悟った。

熊井苑佳の夫は、娘の鈴花にスポーツをやらせている。父親から鈴花をどうしても中学受験に合格させよと厳しく言われている苑佳はこれを隠している。しかし――、いったい何のスポーツだというのか。

その答えを、清遠はすぐに言った。

「ボルダリングですね？」

苑佳は、銃でも突きつけられたような顔になった。

7

「ボルダリング？」

訊き返したのは、私だ。

「フリークライミングと呼ばれる、壁を登るスポーツの一つです。中でも、ロープを使わないで身一つで登るものを、ボルダリングっていうんです。学生のころの同級生にボルダリングをやっている子がいて、私もジムに連れていってもらったことがあるんですよ」

たしかに私もニュースで映像を見たことがある。

「神原さんが面談のとき、鈴花さんの指が、関節と関節のあいだが太くなって、皮膚が固くなってるって言ってたじゃないですか。私をボルダリングに誘ったその子の手も、同じような状態だったんですよ。まあ、思い出したのは、今朝(けさ)のことでしたけど」

「違います……」

　苑佳は否定しようとしたが、

「さっき、靴べらをお借りするときに、靴箱の中に珍しい靴を見つけました。あれ、クライミングシューズですよね。サイズ的に、鈴花さんのものではないですか」

　清遠のこの一言にはもう、苑佳は何も返さなかった。

「最近ではオリンピックの種目にも指定されて、注目が集まっていますが、きっとスポーツ雑誌の編集をやっているお父さんはそれ以前から、鈴花さんにやってみないかと勧めていたんじゃないですか。うちなら、突起のある高い壁があるから、練習場所にも困らないだろう、と言って」

　友人の建築デザイナーが作った逆さ面の壁。熊井鈴花の父親は、それを、娘のボルダリング用の壁として使うように言った——清遠がパンプスを脱いだ後、逆さ面の壁を見上げて何かを考えていたのを思い出す。靴箱の中にクライミングシューズを見た彼女は、あの時から感づいていたようだ。

「鈴花さんもボルダリングに夢中になって、本を読んで勉強をしたのでしょう。壁をスムーズに登るには、体の重心がどこにあるかを意識して、どこを支点とし、どこを力点とするかを意識するのが大事だって、ボルダリングジムの人が教えてくれたんですよね。きっと専門書には、モーメントの計算など、技術的なことがたくさん書いてあるんじゃないですかね」

清遠が気にしていた本棚の最下段に、そういった専門書が何冊か並べられていたに違いない。

「理科が苦手なはずの鈴花さんが、てこや輪軸の分野だけ得意なのにも、ちゃんと理由があったんですよ」

苑佳は、娘がボルダリングにかまけて受験勉強をおろそかにしているのを、よしとしていない。ボルダリングを象徴するてこや輪軸の分野だけ成績がいいことを疎ましそうに言っていたのもそういう事情からだろう。

「お母さん、どうですか」

清遠は静かに訊ねた。

「鈴花さんの骨折も、あの壁を登っている最中に足を滑らせて落ちてしまったからですか？」

苑佳は唇を結んだままじっとしていたが、

「ええ……」

やがて聞こえないくらいの声で言った。

「私は、反対したんです。ボルダリングなんて危険だし、受験勉強の邪魔になります。女性にも学歴が必要です」

またこの母親は、人の意見を自分のものとして言っている。

「あの子は怠け者だから、高校から勉強を始めたのでは大学進学は難しい。大学までストレートで行ける中学に入っておかなければ、就職も、昇進も、それどころか結婚だって危うい。なんとしても中学受験に合格しなければ」

「それは、あなたのお父さんの意見ですよね？」

私は、そう言った。

「お母さんは、どうお考えなんです？」

彼女は息をのんだ。私の質問が意外だったのだろう。そのまま、黙ってしまった。

――彼女にだって、意見はあるはずだった。しかし、実の父親の意見と夫の意見との板挟みになり、結果、娘がボルダリングにより骨折してしまったことを隠すことになってしまったのだ。

「実は今日おうかがいしたのは、この家で虐待が行われているのではないかと疑ってのことなんです」

「主任」

私の告白に、清遠が驚いた。児童虐待の調査を兼ねた家庭訪問の場合、その目的を先方に明かしてしまうのは禁じられている。それを私が破ったのだ。苑佳も意外そうな顔をしていた。

「鈴花さんの骨折について、何か事情があるようでしたので。……虐待でないことはわかりました。あらぬ疑いをかけました非礼はどうぞお許しください。ご家庭のことなので、これ以上口を挟むことは当方としても避けたいところです。しかし、鈴花さんにこれ以上無理な勉強を強いても、思わしい結果は待っていないかと思います」

まるで、家庭教師の派遣もやめるべきだというような話をしているのは、わかっている。こんなことを言ったのが沼尻室長に知られれば、何と言われるか。しかし、言わずにいられない。

「まずはご家族で、しっかり話をするところからだと思います」

玄関で、清遠はやはり、新品のパンプスを履くのに手間取った。完全にサイズを間違えたようだ。壁に手をつき、ようやく履き終えると、苑佳に靴べらを返却しながら「ありがとうございました」と言った。

「それでは、ここで結構です。失礼します」

頭を下げ、ドアを押し開ける。そのときだった。

「あの」

苑佳が声をかけてきた。振り返ると、ぼんやりと憔悴（しょうすい）したような顔に、彼女は笑みを浮かべていた。

「本日は、ありがとうございました」

「……いえ」

「実は、来年、この家を引っ越すんです」

そして、自分の右にある逆さ面の壁を見上げる。

「ようやく、この壁とも別れられます」

私はなぜか、その笑みに背筋がぞっとした。

無言のまま頭を下げ、外へ出る。

歩道を歩きながら、しばらく考えた。最後に見せたあの笑顔の意味は何なのか。――単に、娘がボルダリングをやめられるという意味なのか。

「主任、どうかしたんですか？」

清遠が私の顔を見上げている。

「いや。……会社まで、タクシーに乗るか」

「え、いいんですか？」

「その靴、サイズが合わないんだろう。なるべく歩かないほうがいいだろう」

「ありがとうございます」

清遠は、嬉しそうにうなずいた。

8

何の音もしない。テーブルの隅には食べ終わったコンビニの弁当のケースが入ったレジ袋が、口を縛られることもなく放って置かれている。私はペットボトルの水を一口飲むと、画面の暗くなったスマートフォンをタップした。画像が浮かび上がった。

――ようやく、この壁とも別れられます。

熊井苑佳の声が頭の中で繰り返される。

バスルームのドアが開いた。顔を上げ、すぐに目をそらす。

「シャワー、ぬるくない？」

リサは文句を言いながら、私の視界の中に入ってきた。肩から鎖骨にかけての白い肌が、蛍光灯の光を弾く。胸から下にバスタオルを巻いただけの姿で、髪を拭いている。

「ドライヤーもないの、このうち」

「自然乾燥で充分だ。服は？」

「持ってきてないよ。お風呂のあとはこの格好が一番気持ちいいじゃん」

「着てきた服を着ろ」

「えー、シャワーの後で制服って」

「なぜ人の家でシャワーを浴びるんだ」

「しょうがないでしょ。うちじゃ使わせてもらえないんだから」

ふー、と息を吐きながら彼女は私の正面に座り、スマートフォンを覗き込む。

「うわっ、何これ、気色わる」

「今日、家庭訪問をしてきた家だ」

熊井鈴花の部屋を出た後、手すり越しに清遠が撮った、逆さ面の壁の画像だった。

沼尻室長には、熊井鈴花が家の中でボルダリングをしていて骨折したのだということを報告した。室長は目を丸くしていたが、虐待が行われていないという報告は嬉しかったらしく、笑い出した。中学受験の結果については期待できず、そもそも受験自体をやめるかもしれないことまで話したが、「まあ、それはそれでしょうがないでしょ」としか言わなかった。出世のことに気をもむあまり、現場のことにはまるで興味のない人間なのだろう。

その他の仕事はあまり忙しくなく、九時過ぎには退社することができた。帰りの電車でスマートフォンをいじっていると、先に退社した清遠から「初家庭訪問の記念に」と題されたメールが届いた。「やっぱりパンプス、買い替えます」という本文のそのメールに添付されていた画像が、これだった。

「なかなか不穏な香りのする家だね」

リサは洗い髪の香りを漂わせながら、スマートフォンを覗き込んでいる。

「どういう家だったのか、話してよ」

「話せるわけがないだろう」

この言い合いが不毛なことは、私にはわかっていた。結局、彼女に服を着てもらう代わりに、話をすることにした。

私の使っている寝室へ入ると、すりガラスの向こうで彼女は服を着はじめた。電気をつけず、こちらの部屋の明かりを頼りにしているようだ。そちらを見ないようにしながら、私は今日のことを話した。

「ふーん。女の人の顔でボルダリング。なかなか面白いね、鈴花ちゃん」

服を着終わったのか、すりガラスの向こうの彼女は動く気配を見せず、「それで？」と訊いてきた。

「何がだ？」

「わかってるくせに。まだ、気になることが残ってるんでしょ」

――清遠が気づかなかったことに、リサは気づいているようだった。

「鈴花ちゃんの『信用できない』っていう言葉の説明がついてない」

「ああ……」

「お母さんに対して悪く言うのはなんとなくわかるとしても、ボルダリングを勧めてくれたお父さんのことを、なんでそんなふうに言ったんだろう」

私は黙ったまま、再びスマートフォンに目を落とす。しばらくそうしていて、リサが何も言わないのが気になった。

「リサ？」

呼ぶと、すりガラスの向こうに、小さな明かりがついた。

「ふわぁぁん、ふわぁぁん」

両こめかみにペンライトをつける、例の不思議な仕草をしながら彼女は出てきた。制服姿だった。

「ふわぁぁん、ふわぁぁん」

そのままテーブルまでやってくると、ペンライトを二本とも、ブレザーのポケットにしまい、代わりにスマートフォンを取り出した。

「何だ？」

「ヤスも検索したんでしょ、新田ルキアさんのこと」

……図星だった。清遠からのメールを受け取ったのは、帰りの電車の中、逆さ面の家を作った建築デザイナーのことを調べている最中のことだった。

「この人の Facebook のページにヒットしたよ。すごいね。女の人にモテモテだ。英語で書いてあるから読めないところが多いけど、過去に付き合った女の人のこと、包み隠さず書いてある。見ているの、外国の人が多いからかな」

私の前に腰かけると、彼女は私のスマートフォンの隣に、自分のスマートフォンを並べた。

「今はイタリアにいて、八年前に付き合っていたシルヴィアさんっていう人とよりを戻して、同棲してるって」

自分のスマートフォンの中の、外国人女性を指さす。その指が、そのまま、私のスマートフォンへと動いてきた。逆さ面のうちの一つを差し、彼女の指は止まる。

「この人と、同じ顔だね」

リサは私の顔を楽しそうに覗き込んだ。

「この壁の逆さ面はみんな、新田さんと関係を持ったことのある女性なんじゃないかな」

自分のスマートフォンを取りあげ、スワイプさせた。人工的な壁に色とりどりのブロックが埋め込まれたボルダリングの壁。天井にもブロックが取り付けてあり、そこに足を引っかけた青年が、頭を下にして壁のブロックをつかんでいる。

「すごいねボルダリングの上級者って。こんなことができるんだね。ボルダリングの大好きな鈴花ちゃんは、あの日曜日、これに挑戦しようとしたんじゃないかな。身一つじゃ無理かもしれないけど、ロープを使ったらできるだろうと思って、三階の手すりにロープを引っかけて、逆さ面の壁を、玄関まで逆さに降りていこうと思った。いつもは逆さの女の人の顔が、逆さじゃなく見えて、新鮮だったろうね。ところが彼女は、気づいてしまったんだ。その中に、とてもよく知った顔があることに」

リサは細い指で私のスマートフォンの画面を操作し、逆さ面の一部を拡大させた。さっきの、シルヴィアの顔から二メートルほど下だろうか。逆さでは単に目をつぶった女性の顔としか認識できなかったそれが誰なのか、画面を固定させたスマートフォンをひっくり返せばすぐわかる。

熊井苑佳だった。

「鈴花ちゃんはびっくりした。その拍子に落ちて、骨折しちゃったんじゃないの？　痛かっただろうけど、鈴花ちゃんの気持ちは別のところにあった。なんでお母さんの顔が、壁の中にあるのか。入院先で、スマートフォンを使い、壁を作った新田ルキアさんのことを検索し、このFacebookにたどり着いた。英語はわかんなかっただろうけど、逆さ面の女性たちの共通点については何となくわかった」

熊井苑佳は、新田ルキアとは、鈴花が生まれたころに知り合ったということだった。この壁が作られたのはそのずっと後だ。彼女は知ってしまったのだ。自分の母親と、新田ルキアの関係を。

――もう、お母さんが信用できない。

そして彼女はさらに考えた。父親はこのことを知っているのだろうかと。もし、知っていながらわざわざ、あの家を借りたのだとしたら……。母の過ちを忘れさせないために。母が二度と、自分に逆らわないように支配するために。彼女の描いていた明るい家族像に、ひびが入ったに違いない。

――お父さんも、信用できないかもしれない。

熊井清高のことはわからない。しかし、自分の不倫の証拠が刻まれた家ですごさなければならなかった熊井苑佳の精神は蝕(むしば)まれていたのではないか。

――ようやく、この壁とも別れられます。

娘の叫びと、母の憔悴。

身体的虐待はなくても、あの家は、歪んでいる。

リサはスマートフォンを取ると、すっ、と立ち上がり、玄関へと歩んだ。ローファーを履いている。

「帰るのか？」

「うん。もうそろそろ、あの人、寝たころだろうし」

ドアを開け、外へ出ていく。

「待て」

呼び止めると、彼女は振り返った。

「熊井苑佳は、引っ越しすればそれで済む。しかし鈴花は、両親への信用を失ったままだ」

「そうだろうね」

「もし彼女が中学受験をやめることになったら、《家庭教師のシーザー》は、あの家に関わる理由を失う」

「うん」

「……どうすればいい？」

私の問いに対し、彼女は「わからないよ」と首を振った。あの壁の女の顔のように、無表情だった。

「大人はどうしようもなく身勝手で、周りはどうしようもなく無力。わかっているのは、それだけのこと」

ドアが閉まり、ローファーの足音が遠ざかっていく。

後に残ったのは、初めから誰もいなかったかのような沈黙だけだった。

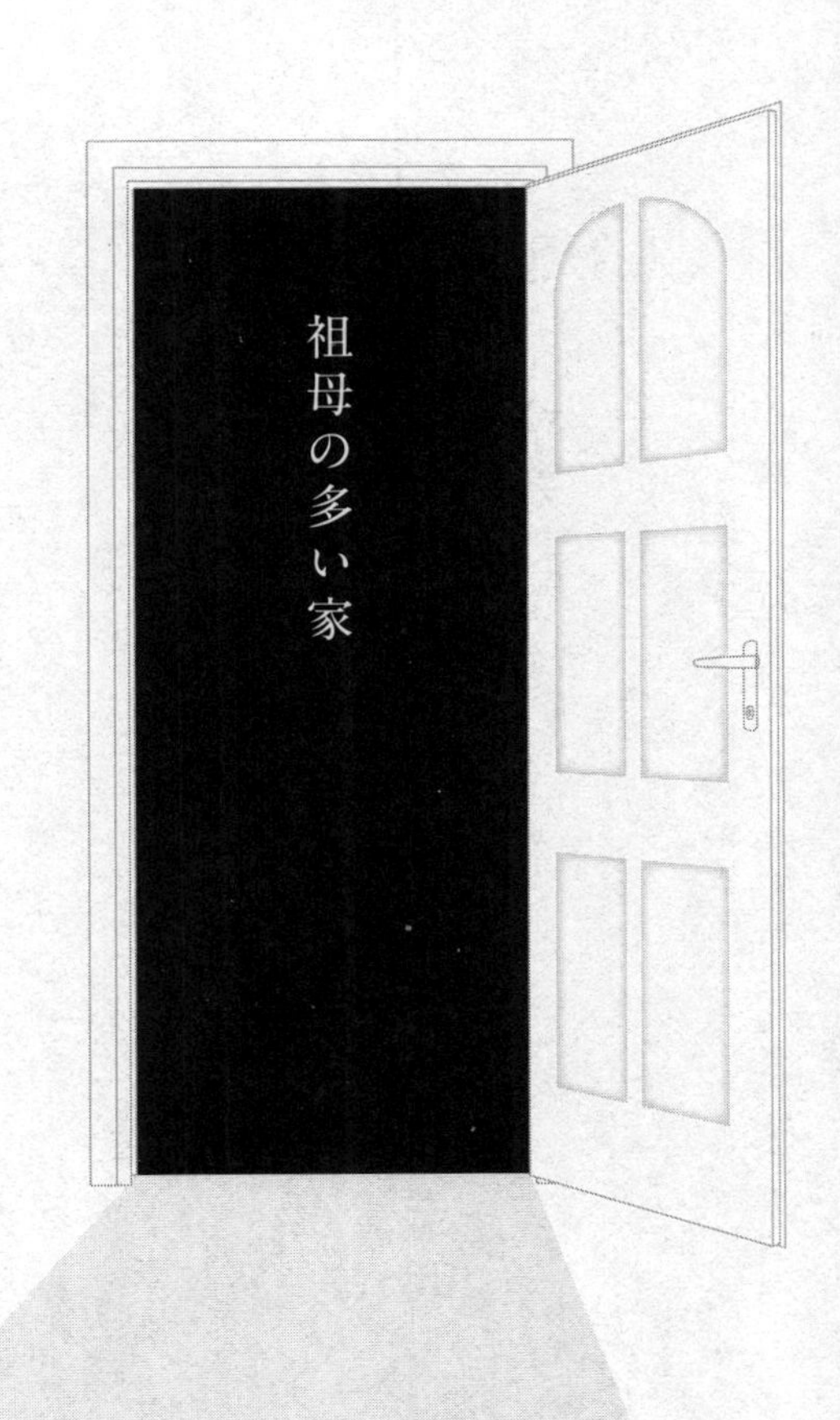

祖母の多い家

1

人と外で食事をするのは、いつ以来だろうか。

池袋駅の周辺には、人でにぎわう外食店が多い。しかし、落ち着いて話をしたいし、何より職場の人間に見られたら面倒だ。慣れないレストラン検索サイトを使い、見つけたのが、この店だった。

職場のビルから池袋駅とは反対方向に歩くと、閑静な住宅エリアになる。その一角に、ひっそりとたたずむ民家のような小ぢんまりとしたイタリアンレストランがある。サイトによれば夫婦二人で経営しているということであり、一日に四組しか予約を受け付けていない。予約が取れたのは、たまたまキャンセルが出たばかりだったからだ。

「いつか、経済的に独立しなきゃ、っていう気持ちはあるんです」

私の向かいにいるのは、清遠初美だった。トマトクリームソースのパスタをフォークに絡めながら、生き生きと話を続けている。

「その前、せめて来年くらいには、母と二人で温泉旅行でもできたらって思うんですけど、それもちょっと厳しいかな」

彼女を誘ったきっかけは、熊井鈴花が《家庭教師のシーザー》から退会したことだった。退会の申し出は、私たちが先日、熊井家を家庭訪問したわずか三日後、母親から直接、沼尻室長に電話があったとのことだった。

室長からその報告を受けたとき、苦い思いになった。熊井鈴花が中学受験をあきらめ、ボルダリングに力を入れることになったのか、そういった細かいことは話がなかったという。ただ、「おたくのシステムが合わなかったみたいで……」と言われただけだったらしい。

嫌味の一つでも言われるかと思ったが、

「まあ、珍しくないことだから気にすることはないさ」

室長は意外にも涼しい顔をしていた。

「ただ、家庭訪問についてはやっぱりもう少し、慎重になるべきだと思わないか？」

はい、と答えるしかなかった。自分の無力さを感じていた。結局、家庭教師派遣センターの職員ができることなど限られている。室長はもう、私の鬼子母神でのことを引き合いに出してくることはなかったが、「これ以上家庭訪問をするべきではない」と無言で圧力をかけてきていた。

室長は、清遠にも同じことを言ったようだ。清遠はすぐに私のところへ来て、「このあいだの、間違いでしたかね」とずいぶん意気消沈した様子で言った。私は何と言葉をかけたか覚えていないが、その表情は好転しなかった。

彼女は、いずれ自分も訪問担当を目指そうと思っていると私に告げた。そのために、この会社に入ったのだ、とも。

せっかく芽生えていた仕事への意欲が、今回の家庭訪問をきっかけに削がれることがあったとしたら。後輩を労るようなことは今までしたことがなかったが、私は思い立ち、翌日の夜、彼女を食事に誘った。

口に合うかと心配したが、食事が進むにつれ、彼女の顔には笑顔が見えるようになり、先日の家庭訪問のことだけではなく、他の仕事のことを話すようになった。そして、「ちゃんと聞いてなかったんで教えてもらえますか？」と、鬼子母神の一件のことを訊ねた。私はあの日のことを話した。女児の汚れた外見について話したときには、彼女は悲しそうに顔を歪めたが、真摯に聞いてくれ、「やっぱり、許せませんね」と言った。

その後、話題は清遠の家のことになった。

幼いころに父に死なれて母子家庭で育ったこと。親戚の援助によって大学を出させてもらったので働きながら少しずつ学費を返済していること。いまだに母の借りている二間のアパートに暮らしていること。そういったことを私に聞かせてくれた。いつしか、私のほうが聞き役になっていた。

「主任は、ご家族はいらっしゃらないんですか？」

パスタを食べ終わるころ、彼女は訊いてきた。

「今は、一人暮らしだ」

実家に帰らなくなってから何年かが経つ。

「ご結婚の予定はないんですか？」

紙ナプキンで口を拭きながら、無言で首を振った。

私の反応に、プライベートに立ち入られたくないという気持ちをくみ取ったのだろう。少し残念そうな顔をしながらも、彼女はそれ以上、何も訊かなかった。

清遠の表情を見ながら、私は、社会人になった年の秋に少しだけ交際をした景子のことを思い出した。学生時代の知り合いの伝手で知り合った彼女は二つ年上で、明るく、面倒見がいい印象だった。交際を受け入れながらも、私はあまり乗り気になれず、二人で食事に行ってもいつも聞き役だった。そして景子が私のことを訊ねるとき、私は今のように無言か、あるいは言葉少ない返事をした。そんなとき、景子は今の清遠のような表情になった。景子との交際は半年くらい続き、ある日突然、連絡が取れなくなった。もっとも、私のほうから連絡したことなどなかったから、彼女が去っただけなのだ。

沈黙したままどんな顔をしていたのだろう。デザートの味などわかるわけもなく、私たちは黙り続けた。

「主任はこういう、フレンチのお店が好きなんですね」

彼女が口を開いたのは、会計が終わって店を出たときだった。絵本から出てきたようなその店の外観を眺めている。入口に掲げられたポールには、緑、白、赤の三色旗が下がっていた。

「イタリアンだ」

私が言うと、彼女は「えっ」と目を見開いた。

「フレンチじゃなくてイタリアンだ。パスタがあったろう。あれは、イタリアの国旗だ」

「そうなんですか、すみません……。あの、常識がなくって、そういうの、区別がつかないんです」

冗談を言っているのではないことはすぐにわかった。ずっとフレンチだと思って食べていたのか。私は思わず、笑ってしまった。清遠は不思議そうな顔をしていたが、「笑わないでくださいよ」と、笑みを見せた。

「若い女性と二人で食事をするとなったから、こういう店を選んだんだ」

「若いだなんて、主任だってまだ三十歳くらいでしょ。私なんかにお気を遣わせて悪いです。あの、主任は、韓国料理はお嫌いですか？」

「いや、嫌いではないが」

「じゃあ、今度は韓国料理にしましょう。新大久保に、サムギョプサルのおいしいお店、知ってるんですよ。来週の火曜日は、どうですか」

私は驚いた。いったい、どういうつもりなのか。

「あの、私、まだ主任に相談したいことがあって」

それなら今言えばいい、と返事するのは違うと感じた。

「私が予約しておこう。店の名前を教えてくれ」

彼女は嬉しそうに微笑んだ。

2

冬だった。

私はこたつの中で裸足の足と両手をこすり合わせた。六畳より少し狭いワンルームはフローリング。マットを敷いているのでこたつの中が暖かいぶん、背中がふきっさらしのように寒い。

天板の上、そして周囲のマットに乱雑に散らばった資料。目の前の武骨なノートパソコンの画面には、無機質な文字が並んでいる。

卒業論文は、年が明けて二週間ほどで提出期限がやってくる。先輩からの情報によれば、体裁と枚数さえ整えれば、よほど指導教授の逆鱗に触れない限り、単位はもらえるはずだ、ということだった。

とはいえ、四百字詰め原稿用紙八十枚分のものを仕上げるとなるとかなり骨が折れる。下宿にこもり、ノートパソコンで書きはじめてからもう三週間が経とうとしているが、まだ半分にも達していない。

しばらく作業をした後で壁の時計を見る。午後三時になろうとしていた。そろそろか、と感じたとき、ガラスの割れる音が聞こえた。続いて、大人の男の怒号。

この部屋は、二階だ。すりガラスを開けると、大きなものが何かに当たるような音がした。何かで何かを叩く音が立て続けにする。聞こえてくるのは、男の声ばかりで、相手がいるわけではないようだ。

初めて聞いたのは、卒論を書きはじめた、三週間前の金曜日だった。閑静な空間を切り裂くような声に驚いた私は、喧嘩かと思ってすりガラスを半分ほど開けたのだった。路転落防止の柵があり、自転車がすれちがうのがやっとという細い路地に面している。路地の向こうには、ブロック塀の、古い二階建て民家がある。怒号はその民家の閉じた窓から聞こえていた。路地には人影は見えず、周囲の家々はひっそりとしている。アパートの住人は、私のような学生や、昼間に働きに出ている単身者ばかり。この荒れた男の声を聞いているのは、世界で私一人であるような感覚に陥った。

興奮しているためか内容はよく聞き取れない。気に入らないことが起こって、何かに当たっているのかもしれない。他人の家のことにこれ以上気を払うこともないだろうと窓を閉め、資料を読んでいたら、いつのまにか物音はやんでいた。

週が明けて月曜の午後三時になると、また同じ男の声と物音が聞こえた。火曜日、水曜日と、それは続いた。男は、周囲に人のいない平日の昼過ぎを狙って荒れているように思えた。卒業論文を書きはじめる前は、平日の昼にこの部屋にいることがなかったので知らなかったが、以前から、男は荒れているのかもしれなかった。姿を見たことはない。それどころか、その家に住んでいる他の家族を見たこともない。一人で住んでいるのだろうか。いずれにせよ、私が見ていることを知ったら、襲ってくるかもしれない。余計なことはせずにおいたほうが賢明だ。以来、私はこの声を無視することにしていた。

しかし、今日は何かが違った。

「おい、お前！」

いつもより大きく、言葉の内容まで聞き取れる。お前……？　相手がいるのか。それとも、電話で話しているのか。

私は起き上がり、窓のそばの壁に背をつける。すりガラスとはいえ、こちらの影が向こうに見えたら……という気持ちがそうさせた。窓を五センチほど開くと、寒気が入り込んできた。顔を窓から出し、そっと外を見る。ブロック塀の向こうの、黄ばんだ白壁。いつもは閉まっている窓が、開いていた。窓の枠に、紺色のシルクハットをかぶり、黄色いマフラーをした雪だるまの形をしたぬいぐるみが置いてあるのが見える。部屋の中は、淀んだ沼のように暗い。何かを叩く音がした。その直後、私ははっきり聞いた。

「もう……、やめて」

女児の声だった。

「何回言えばわかるんだ！　耳、ついてんのか！」

怒号はそう告げた。

「やめて！」

窓の向こうに人影が現れた。私はその姿を見て戦慄した。

女児だった。小学校四年生か五年生くらいだろうか。上半身は裸で、あざが無数にあった。髪はぐしゃぐしゃで、歯を食いしばり、涙を流している。窓枠に手をかけるが、外に逃げようとしているわけではなさそうだった。上半身裸のまま、往来に出るのはためらわれるようだ。

瞬間、彼女は目をこちらに向けた。

目が合った。

常夜灯のオレンジ色に包まれた部屋——私の部屋だった。ベッドの上に横たわっている。

「また、夢を見たの？」

声のする左側に顔を向ける。リサの小さい顔があった。

「ずいぶん、うなされていたけど」

もぞっと布団の中で体を動かし、私の目を覗き込む。

「ああ……」

「もう、かなり前のことなんでしょ」

私は何も答えなかった。

大学四年生だったころ、私が見たあの光景。あの日、私は……。

「手、握ってあげようか」

私が答える前に、リサは私の左手を握った。氷のように冷たかった。

「ヤスは悪くない。悪くないよ」

当時はまだ、児童虐待についての実態など知らなかった。児童相談所などという存在についても、考えたこともなかった。他の家庭のことになど、立ち入ってはいけないものと思っていた。

いや、本当にそうだっただろうか。警察に通報するという考えが頭に浮かんだのではなかっただろうか。被害に遭っているあの子のことを気に掛けながらも、自分には関係ないことと言い聞かせ、父親と思しきあの男の怒鳴り声を聞くまいとしていたのではなかったか。

あれ以来、私は卒論を、自室ではなく大学のパソコンルームを利用して書くようになった。予定もないのに外で時間を潰し、わざわざ夜遅くに帰るようになったのではなかったか。

「悪くない。ヤスは、悪くないんだよ」

あの日と同じくらい寒い部屋の中、リサの声はまるで、虚空を撫でるようだった。

3

次の火曜日はすぐにやってきた。

「原田主任」

国尾元室長に勧められたミントガムを嚙みながら、保護者に送るメッセージの文面を考えていると、清遠がやってきた。登録者情報の記されたファイルを一冊、手にしている。困ったことになった、という顔をしていた。卓上のデジタル時計を見ると、午後の六時五分だった。

清遠は膝を曲げ、椅子に座っている私と顔の高さを同じにすると、周囲の職員たちに遠慮するように、声を潜めた。

「今日の約束なんですけど、キャンセルしてはだめですか?」

彼女の顔を睨みつけるようにしてしまった。彼女は慌てて目をそらす。私もとっさにそんな態度をとってしまったことを反省する。

例の韓国料理屋は七時半に予約を入れておいた。新大久保までは池袋から山手線で三駅なので、七時に出れば充分間に合うはずだった。ただ、退社時間は五分ほどずらすということで同意していた。どちらから言い出したわけでもないが、先週のイタリアンのことも、今日の韓国料理のことも、職場の誰にも内緒という不文律ができあがっていた。職場の中で知られたら私に迷惑がかかると、清遠は考えたのかもしれなかった。

それとなく、室長のデスクに目をやる。また増えたガチャガチャの骨格標本コレクションをバーバリーのハンカチで拭くのに執心していた。周囲の職員たちも電話を取ったり、データを打ち込んだりと、私たちのほうを気にしている者は誰もいないようだ。

「仕事か?」

声を潜めて訊ねると、彼女は軽くうなずいた。

「七時から急に、面談が入ってしまって」

「ずらせないのか」

「はい。この、千賀さんという講師なんですけど、急に『話を聞いてほしい』って、『できれば早いほうがいい』って、七時過ぎに来るっていうんですけど、時間が読めないんですよね……」

「じゃあ、仕事をしながら、待っている。予約の時間は変えてもらえばいい」

「いやー、どうだろう。人気店ですから、時間は変えられないかもしれないです。そういうわけで主任、申し訳ないんですけど、今日の予定はやっぱり……」

そうか、とすぐに返事をするのがためらわれた。楽しみにしていた、と言うと子供じみている気がする。しかし、私にも、人との予定が取りやめになったとき、胸に穴があいたような感覚が生じるのだと知って、新鮮だった。景子と付き合っていたときに、こんなことがあっただろうか。

「原田主任」

杉浦が私のデスクのそばにやってきたのは、七時十五分のことだった。職員の半分ほどは帰宅しており、韓国料理をキャンセルしていなかったら、私もすでに退社している時間だった。

「面談に同席していただいてもいいですか？」

私が顔を上げると、彼は告げた。入社二年目、二十八歳。運動不足気味の体形だが性格は真面目で、《SCエデュケーション》に転職する前は大手の予備校で働いていたと聞いている。そこで得た都内の私大の受験に関する情報・知識が豊富であり、池袋教室の受験対策アドバイザーを務めている。そんな彼が、面談の同席を求めるなど、初めてのことだった。

「どうしたんだ」

杉浦は手にしたファイルを、私のデスクの上に開く。

「岡部文健講師。登録三年目の大学生講師で、生徒は、大塚に住む藤野貞晴くんという中二の男の子です。ちょっと、問題があるようです」

「問題？」

杉浦は膝を曲げ、室長のほうを気にするような仕草をしながら言った。

「虐待、です」

私はとっさに、室長のほうを見てしまった。室長はパソコンのキーボードに手を置いていたが、明らかにこちらの様子をうかがっているようだった。今の杉浦の言葉が聞こえたかどうかはわからないが、面談を手伝ってほしいと私に告げていることは気づいているだろう。

一分後、私は杉浦と共に〈面談室1〉へ入っていた。

4

どうも、初めまして。岡部文健です。……ええと、どこから話せば……。

あ、そうすか。……じゃあ、これは初めてあの家に指導に行かせてもらった日に、貞晴のお母さんから聞いた話なんすけど、貞晴は、まあ、ずっと塾に行ってなかったんですよ。それっていうのも、親父（おやじ）さんが電気関係の修理屋さんみたいなことをしていて、「自分も工業高校しか出てないけど立派に働いている。小、中は悪さしかした記憶がない」って、のびのび育てて、ゆくゆくはその修理屋を継がせたいらしくて。貞晴自身もそれは嫌じゃないんです。ところが、今年の一学期の通知表が、壊滅的だったらしいんですよね。それに驚いた貞晴のお母さんが、ためしに貞晴に学校でもらった夏休みの宿題の数学のドリルをやらせてみたらもう、全然できなかったんです。で、これじゃあ高校進学すらできないかもしれないっていうことで塾に通わせることにしたんですけど、とにかく中一の内容が全然わかっていないんで授業にもついていけないって、すぐにその塾をやめさせられちゃったそうで。九月から《シーザー》に登録したっていうことでした。はい。

俺が初めてあの家に行ったのは、九月の二週か三週だったと思いますね。

電気関係の修理屋っていうことで、電球とか機械とかコードとか、そんなんがごちゃごちゃした店の中を通って上がった先が住居になってるんです。貞晴の部屋は二階にあって、一度覗かせてもらったんですけど、狭くって足の踏み場もなくって、勉強できるような状況じゃないっていうんで、一階の居間を勉強の場として使わせてもらってるんです。

初めて教えたときはそりゃ、びっくりしましたよ。中一の数学どころか、小学校の算数すらまともにできないんだから。分数の計算なんてわからないのは当たり前、直角が九十度っていうことも知らなかったし、九九すらも怪しかったっすね。どこから手をつけたらいいだろうな……って、悩んでたら、廊下からおばあちゃんがやってきて、お菓子を差し入れしてくれたんですよ。背は低くて、白いシャツを着ていて、丸い体です。「はるぼうが勉強をしているところなんて見たことないわよ」なんてからかって。……そのおばあちゃん、あとで貞晴に聞いたら、妙子(たえこ)おばあちゃんっていうそうで、「はるぼう」って呼ぶらしいんですよ。貞晴の「晴」のほうだけをとってね。貞晴と妙子おばあちゃんは仲がよさそうに軽口なんか叩き合いはじめて、俺、正直、邪魔だなあ、どうしようかなあって思ってたら、貞晴が「俺、集中してるから。また遊んでやるからな」って追っ払ってくれて。妙子おばあちゃんは「あらあら」なんて笑いながら、お菓子を置いていなくなっちゃったんですよね。

で、俺はとりあえず貞晴のレベルを測りながら、学習計画、どうするかなって考えはじめたんですよ。とりあえず、中二なんだから九九ぐらいはしっかりやってもらわなきゃ話にならないじゃないすか。で、怪しい六の段から書き取りさせていたら、台所からじゃーじゃー水の音がしてきて。

あっ、すみません。ええと……、その、貞晴に指導している部屋は八畳の畳の間で、廊下と逆側に引き戸があって、その向こうが台所になってるんです。ガラス戸はいつも開けっ放しで、流しとガスコンロが見える、みたいな。そこに、黒いシャツに深緑のスカートを穿いた女の人が背中を向けて立ってて、白菜を洗ってるんです。……挨拶しなきゃなと思って、「こんにちは」って声かけたんだけど、こっちを振り向かなくて。水の音で聞こえなかったかなと思ってもう少し大きめに言ったら、今度は振り向いて、「はっ！」って驚いた顔をしたんです。年齢は、七十過ぎ、くらいでしょうかね。おでこの生え際が白髪になってましたね。

「《家庭教師のシーザー》から来ました、岡部です」って言うと、「あ、ああ」ってうなずいて、また白菜を洗いはじめました。「あれは、吟子ばあちゃん」って、貞晴は小さい声で紹介してくれました。「ばあちゃん、耳が遠いからな」って。それでまた、九九をやりはじめたんです。

かきもちの妙子おばあちゃんと、台所の吟子おばあちゃん。……あ、妙子おばあちゃんが、置いていったお菓子、かきもちだったんですよ。おかきよりちょっと大きいですかね。スーパーで売ってるような切り餅、あるじゃないですか。あれを自分で小さく切って炒って作るらしいって、貞晴は言ってました。手作りなんで、くっついちゃってるのとか、焦げちゃったのとか混じっていて。何回か食べさせてもらいましたけど、塩味がきいててうまかったです。

それはいいとして、俺、週に二回やってるんですけど、妙子おばあちゃんはほぼ毎回、俺が行くと襖を開けてやってきて、かきもちを置いていってくれるんです。吟子おばあちゃんも毎回、夕方に台所に現れては夕食を作る。一つの家に二人のおばあちゃんが同居しているっていうのは、あんまりないけど、おかしくはないじゃないですか。母方の祖母と父方の祖母、いるわけだから。

ところが、今日のことですよ。

俺、いつもより早く、《藤野電工修理店》についたんです。はい。貞晴の家です。さっきも言ったように、入口は店っていうか、ごちゃごちゃした倉庫みたいになってるんです。「ただいま外出中」っていう札が出ているのはいつものことで、貞晴の親父さんはだいたい、俺が行く時間にはどこかに修理に出てるんです。勝手に入っていいって言われてるんで入っていって、中に上がる戸のところで「こんにちは」って声をかけたら、しばらくして、奥から、人が出てきました。いつもは、貞晴のお母さんが出てくるんですけど、今日は知らないおばあさんが出てきました。紺色の、トレーナーみたいなのを着て、茶色いズボンを穿いて。壁に手をつきながら、よろよろって感じで。
……はい。妙子おばあちゃんでも吟子おばあちゃんでもない、別のおばあさんです。顔は皺(しわ)だらけで、髪の毛は白くてほつれてましたね。「どちらさまですか」って訊くもんだから、「《シーザー》の岡部です」って言ったら、きょとんとしてて。「家庭教師の」って言ったら、「ああ、貞晴の」とうなずくんです。

そのとき後ろから、「岡部先生」って声をかけられたんで振り返ったら、貞晴が店に入ってきたんですね。ちょうど学校から帰ったところだったみたいで。そのまま、紺色のおばあさんに「俺、今から勉強をするから」って言うと、おばあさんは何も言わずに廊下の奥へと戻っていきました。俺と貞晴はそのあと上がって、いつもと同じ、八畳間へ行きました。貞晴は二階の部屋にカバンを置いてくるとテキストを持ってすぐに戻ってきて、襖を閉めたんです。

それで、俺、初めて訊いたんですよ。

「今の、誰？」って。

貞晴は答えました。

「つゆおばあちゃん」

そして、ちょっと顔をこわばらせたかと思うと、「おれ、つゆおばあちゃんは嫌いだ」って言って、着ている服を脱ぎだすんですよ。何しているんだろって思ったら、上半身裸になって、背中を見せました。俺、驚いちゃって。その背中に、黒ずんだあざがくっきりと残ってて。

「どうしたんだ」って訊いたら、貞晴、悲しそうな顔をして、「つゆおばあちゃんに花瓶を投げつけられたんだ」……って。

「父さんや母さんは知ってるのか」って訊いたらうなずいて、

「二人とも、よその人には言うなって言うんだ。だから先生も、内緒にしておいて」って。

＊

「俺、ぞっとしちゃいました。でもほら、研修のときに虐待について言われたの、思い出したんです。《家庭教師のシーザー》は虐待問題に真摯に取り組んでいるって。生徒の中に虐待を受けているような疑いがある場合は、その家庭には直接聞かず、速やかに担当者に報告すること、って。だから今日の指導が終わってすぐに電話して、そのまま来ました」

岡部は、ひょこっと頭を下げた。

頭髪を茶色く染め、シャツに黒いジャケットを羽織り、ネックレスやピアスなどのアクセサリーも目立つ。指導中は外しているそうだが、自分のことを「俺」と言い、口調も砕けている。ファイルを見ると、前年、前々年共に、中三の生徒を志望校に合格させているため、評価は高い。

「いったいなんで花瓶を投げつけられたんだ、って訊いたんですよ」

私が何と言おうかと迷っていると、岡部は再び口を開いた。

「そしたら、おばあちゃんに口答えをしたからだって。自分はそんなにひどいことを言った覚えはないって言うんですけどね」

「ちょっと待ってくれるか」

私は岡部を止めた。

「その、貞晴くんに花瓶を投げつけたおばあさんは何者だ？」

「『つゆおばあちゃん』って、貞晴は言ってたっすね」

岡部は、さっきも言った名をもう一度口にしながら、言わんとしていることはわかるというように顔を歪めた。

「おかしいだろう。その家には、かきもちをくれる妙子というおばあさんと、台所で食事の準備をする吟子というおばあさんがいるはずだ」

「はい。俺も言ったんです。三人もおばあちゃんがいるのはおかしいだろ、って。でも貞晴は、『全員、おばあちゃんだ』って言い張るだけで。だから俺、『おばあちゃんって、お前から見てどういう関係か知ってるか？』って訊いたんです。貞晴は怒って『わかってるよ！』って。両親の母親だっていうことはわかってるんですよ」

「じゃあ、どうして三人いるんだ？」

「それはわからないって言っていました。とにかく、『ちっちゃいころから、俺にはおばあちゃんが三人いた』って。おかしいことともなんとも思ってないんですよね」

「もう中学生だろう。それがわからないわけがない」

「貞晴は、俺が家庭教師に行く前は九九すらどうでもいいって思っていた中学生なんですよ。野球とか漫画とかゲームとか、自分の興味のあることはすごくよく理解しているんですけど、勉強同様、細かい家族の間柄には無頓着なんです。三人とも、漠然と『おばあちゃん』として捉えてるみたいなんです」

　私も思い出したことがあった。学生時代、学習塾で中学生を指導していたことがあるが、変に大人びた生徒がいる反面、小学生かと思うほど子どもっぽい生徒もいた。中学生を相手にするとき、大人の常識を前提にしてはいけないのだ。

「貞晴くんのお母さんには聞かなかったのか？」

「今日はいなかったんです。いつも、五時ぐらいにはパートに行っちゃうんで、指導の終わる六時ごろにはいないんです」

「妙子おばあさんと、吟子おばあさんは、今日はどうしたんだ？」

「二人とも来ましたよ。妙子おばあちゃんは貞晴と相変わらず軽口を叩き合って、しばらくするとかきもちのおばあさんはいなくなりました。そしていつも通り五時半ごろ、台所には耳の遠い吟子おばあちゃんがやってきて、夕食の準備を始めました。三人目のおばあさんのこと、よっぽど聞きたいと思いましたけど、勉強には関係ないし、貞晴を傷つけちゃいけないと思うし、そもそも、家庭に立ち入った質問はしないって研修で言われてるから」

「そうだったな」

私は杉浦と目を合わせる。杉浦は心底、困った顔をしていた。

5

「いらっしゃいませ」

重いガラス扉を押して入ると、すぐに四十代半ばの男性店員がやってきた。待ち合わせである旨を伝え、店内を歩くと、奥のボックス席に清遠は座っていた。

「お疲れ様です」

「帰ってもよかったのに」

「そんな冷たいこと言わないでください。お腹、すきましたよね」

彼女はメニューを広げた。食べずに待っていたようだ。

岡部文健の面談が終わったのは、九時になろうとしているころだった。杉浦と二人で岡部を見送って戻ると、もう沼尻室長しか残っていなかった。藤野家への家庭訪問の必要性を沼尻室長に認めさせ、杉浦と連れ立ってビルを出たのは九時半過ぎ。清遠はもう面談を終えて帰ってしまっただろうと思いながらも、スマートフォンをチェックすると、近所のファミレスで待っているというメッセージが入っていた。

「この時間でも、けっこう人がいるものだな」

注文を終えた後で、私はそれとなく周囲を見ながら言う。

「主任って、こういうところ、来たことあります？」

「学生時分はな。最近は、めっきりない」

「たしかに。主任には似合わない気がします。韓国料理、ダメになったけど、よかったかも」

清遠は笑い、水を一口飲んだ。

「ところで、どうだったんですか、杉浦さん担当の講師の面談」

「ああ……。また、家庭訪問することになったよ」

「本当ですか？　室長に嫌な顔、されませんでしたか？」

「もちろんされたが、杉浦が一緒に行ったのがよかったのか、ハンコは捺してもらえた」

祖母への「嫌い」という発言と花瓶を投げつけられたという証言、そして明らかに疑わしいあざがあるという状況が、沼尻室長を動かしたのは間違いないが、私にはもう一つの理由がわかっていた。杉浦は、池袋教室が誇る受験対策アドバイザーの一人だ。当然、沼尻室長の信頼も厚い。そのぶん、家庭訪問制度にはあまり関心を持っていないはずである。その杉浦に「家庭訪問が必要かもしれません」と直接言われ、沼尻室長も無視できなかったものと思える。

「訪問するのは、主任ですよね」

「ああ。おかしなことがありそうな家庭に、杉浦を行かせるわけにはいかないからな」

杉浦は将来が期待されている人材であり、室長は、出世した暁には自分の近くに置いておきたい存在とでも認識しているのかもしれない。家庭訪問先で問題を起こし、勤務業績に傷がつくのを恐れているのだろう。むしろ、杉浦のほうからこの会社の方針に嫌気がさして辞めてしまうかもしれない。杉浦ほどの知識と経験があれば、業界では引く手あまたのはずだ。そこへいくと私など、室長にとってはどうでもいい存在だ。むしろ問題でも起こしてもらったほうが遠ざけやすいというものだ。

私の言葉の意味するところがわからなかったのか、清遠はあいまいにうなずき、

「ところで、どんな家庭なんです?」

と訊ねた。藤野家のことを言っているのは明らかだった。担当講師の生徒のことについて職員同士で話すことは禁じられてはいない。ましてや、清遠は訪問担当を目指している身だ。私はためらうことなく、岡部に聞いたことを話した。

「ふうーん、その三人目のおばあちゃんが、何者かっていうことですね」

清遠は、話の途中で来たドリアにフォークを挿し入れる。

「主任と杉浦さんは、何か、思いついたんですか?」

「ああ。岡部講師も、そうかもしれないと」

「あ、ちょっと待ってください。当てますから」

フォークを皿に置き、清遠は考えた。

「ひょっとして、ひいおばあさんなんじゃないでしょうか? 他のおばあちゃんと違って、壁に手をついてよろよろ歩いていたんでしょ?」

「私も初めはそう思った。ところが、岡部講師は絶対に違うという。彼は子どものころ、祖母だけでなく曾祖母とも同居していて、二人の年の差は見た目で明らかだったそうだ。藤野家で会った三人のおばあさんはみな、同い年くらいだと見て間違いないと」

「お年寄りの年齢なんて、わかるものですかねえ……」

納得いかないように首を傾げつつ、清遠は唇を突き出してドリアを冷ます。私は自分の頼んだボンゴレのあさりの身を貝殻から外している。

「たとえばですけど」

ドリアを一口食べてから、清遠はまたしゃべりはじめた。

「お父さんが再婚していたとして、前妻のお母さんということは考えられないですか？」

「前妻の母親？」

私も杉浦も考えていなかった可能性だった。

「前の奥さんと貞晴くんのお父さんとはどうしようもなくこじれてしまったけれど、貞晴くんとおばあちゃんは仲がよかった。それで、前の奥さんだけが家を離れ、おばあちゃんは家に残った……っていうのは」

「ないだろうな。それだと今の母親は後妻ということになる。後妻が前妻の母と同居するなど、普通じゃない」

「普通じゃない家庭なんていっぱいあります」

清遠は私の顔を見た。そして一瞬ののち、ぷっとふき出した。

「なんてね。わかりましたよ」

「なんだ？」

「大おばさんです。どっちかのおばあちゃんの姉か妹なんです。それだったら、同居していてもおかしくありません」

「ああ」

私と杉浦が思い当たった可能性はまさにそれだった。他に身寄りのない大おばは、藤野家を頼って同居している。貞晴からすれば、三人とも「おばあちゃん」と呼んで差し支えないような間柄だ。だが、三人目の老婆からすれば、直接の孫ではない貞晴は遠い存在なのだろう。

「孫どころか子どもすらいないつゆさんは、実際の貞晴に愛情を持つどころか、仲睦まじい家族を羨ましくも疎ましくも思っている。ご両親も、つゆおばあちゃんがかわいそうだから、貞晴くんには許してあげてほしいと思っている。そんなところですかね」

そんなところだろう。

「いずれにせよ、あざが残るくらいの暴力は放ってはおけない。もし継続的に行われているのなら、虐待だ」

「はい。家庭訪問、頑張ってください」

清遠はうなずいた。

*

ファミリーレストランを出たのは、十二時になろうとしている時間だった。夜の池袋は昼間とは様相が違う。酔っ払いのサラリーマンが千鳥足で歩いていき、どこか近くでは、若者たちのさざめきが聞こえていた。青いコートを着たカラオケ店の客引きが誘ってきたが、軽く受け流すとつまらなそうな顔をして去っていった。

「タクシーで送るか？」

大通りまで出たところで、私は清遠に訊ねた。

「いえいえ、そんな迷惑、かけられないです。……実は、この近くに友だちの家があるんで、泊めてもらうってさっき約束しちゃったんですよ」

「そうか」

先日のイタリアンレストランで、彼女の家は国立のほうだと聞いていた。タクシー代は高くつくだろうから、断られてほっとしたというのが正直なところだ。

「近くまで送ろうか？」

「いえ、本当に、ここで。今日は、ありがとうございました」

「ああ、それじゃあ、また明日」

駅へ向かう私を、「主任」と清遠は呼び止めた。振り返ると、マフラーを巻きなおしながら私の顔をじっと見ていた。

「今度は絶対に行きましょうね、サムギョプサル」

「……ああ」

彼女は嬉しそうに微笑み、頭を下げた。

6

藤野家への家庭訪問が実現したのは翌週の月曜のことだった。

約束の午後一時に着く。《藤野電工修理店》は、岡部文健の話から想像するよりもずっと、雑然としていた。ガラス戸の前には、コード類やスクラップが入った灰色のプラスチックの籠が並べられていて、まるでロボット同士が戦争をした跡のようだった。インターホンの類いは見当たらず、事前の電話で言われていた通り、ガラス戸を開き、声をかける。

「すみません」

薄暗く、埃臭い空間の奥から、「はーい」と声が聞こえた。薄い桃色のセーターを着た、四十代半ばの女性が、サンダルを履いて出てきた。前髪がほつれている。

「《家庭教師のシーザー》から参りました、原田と申します」

「あらあら、もういらしたんですか」

「早かったですか」

「いえいえ。貞晴の母でございます」

資料によれば、藤野雅子という名前だった。

「どうぞどうぞ。すみませんねえ。玄関を兼ねているもので。こんな汚いところを通らせてしまって。でもまさか、お勝手から上がってもらうわけにはいきませんからね」

笑いながら、私を奥へ案内していく。三十センチほどの高さの上がり框があり、すぐ廊下になっていた。差し出されたスリッパを履き、彼女のあとをついて廊下を行く。右手すぐの襖の向こうが、八畳間になっていた。

「あらお父さん、まだ食べてたの？」

「ん？」

食卓には作業着姿の男性が一人いて、新聞から目を上げた。彼の前には皿があり、チャーハンが残っている。彼の正面にあたる位置にテレビ台があり、二十四インチの薄型テレビが健康食品のコマーシャルを映し出していた。テレビ台の中にはゲーム機とソフトらしいものがしまってある。

「今日、一時に家庭訪問があるって言っておいたでしょうが。だから私もおばあちゃんも急いで食べちゃったんだから」

「ん？　おお……」

藤野貞晴の父親だろうと思われる。資料に名前も書いてあったと思うが、今日は母親が対応するということだったので、覚えてきていない。彼は慌ててチャーハンをかき込む。

「すみませんねえ、先生」

「いえ。こちらは急ぎませんから」

「あれ、先生ってお呼びしていいんですか？」

「ええ、まあ、構いません」

本当は違うだろうが、まあ、「先生」でも構わない。

父親は皿を台所へ片づけると、「さあ、仕事仕事……先生、ごゆっくり」と、テレビを消し、店のほうへ出ていった。のどかな夫婦の会話。とても虐待が恒常化している家庭には見えないが、油断はできない。

雅子がふきんでテーブルを拭き、インスタントのコーヒーをいれたカップを置いた。私はカバンの中から、資料を取り出した。

「それでは始めさせていただきましょう」

「はい。あの……、うちの貞晴、出来が悪いでしょう」

「しかし、二学期の成績は上がっているようですね」

資料を見せて、まずは学習の効果を確かめさせる。

「上がってるって言っても、ちょっとでしょう。あの子は、油断するとすぐにゲーム、漫画。昨日も課題のプリントやっていないって学校の先生から電話があって。問い詰めても知らんぷりしてゲームしてるから、あんまりゲームばっかりしてると、追い出すよ！　って怒鳴りつけてやったんです」

勝手にまくしたてるタイプの母親だった。

「まあでも、岡部先生のことは気に入ってるみたいなんです。岡部先生から出された宿題は、毎回やってるって言ってるんですけど、どうですかね？」

「ええ、そのようですね」

先日の面談で、岡部文健もそう言っていた。

「いやあ、本当に岡部先生には感謝しているんです。いつかは一緒に夕ご飯を食べていってほしいと思ってるんですけど、契約で六時には帰っちゃうでしょう？　私、パートが終わるの、七時だから」

どうもペースに巻き込まれてしまう。このぶんでは貞晴の背中のあざについては踏み込めそうにない。

ドアが開く音がした。開け放たれた引き戸の向こうの台所に、段ボール箱を抱えた老婆が一人現れ、こちらに背を向けて流し台の前に立った。

「あらあら、ちょっと、おかあさん」

雅子の声が一回り大きくなったので、私はどきりとした。雅子は流し台の老婆に近づいていく。

「何をしているの？」

「ああ、ミヤさんからもらったらっきょう、皮剝いて、漬けちゃおうかと思ってね」

「今日、一時からお客さんだと言っておいたでしょうに」

老婆はこちらに顔を向け、私に初めて気づいたように会釈をした。

「おかあさん、あとじゃダメなの？」

「貞晴が帰ってくる前にと思ってね。あの子、臭い臭いって文句言うじゃないの」

〝吟子おばあちゃん〟だろう。黒っぽい服を着ているし、生え際が白髪になっている。会話の様子からして、雅子の実母のように思えた。

「どうも」

そのとき、廊下から不意に声をかけられた。振り返ると、にこやかな顔をした、別の老婆が入ってくるところだった。小柄で、クリーム色のカーディガンのようなものを羽織り、白い前髪を緑色のピンで留めている。手には、木製の器を持っていた。

「うちに、ちゃんとした大人のお客さんなんて、珍しいからねえ」

〝妙子おばあちゃん〟だろうか？　岡部の話を聞いた限りでは、もう少しずんぐりしたイメージだったが、着ているものは白に近い色だし、お菓子を勧めてくるのも合致している。たしか岡部はかきもちだと言っていたが、どうぞ、と私の前に差し出された器には、ビニールで個別に包装された、ゼリーと羊羹の中間のようなお菓子が盛られていた。

「どうぞ、お構いなく」

戸惑い気味に私が答えると同時に、雅子が台所から戻ってきた。らっきょうのことについては話がついたらしい。〃吟子おばあちゃん〃は「みっちゃんのお家で、お茶飲んでくるわ」と言い残すと、再び、勝手口から出ていった。

「雅子さん、お客さんにお菓子もお出ししていないんじゃねえ」

〃吟子おばあちゃん〃を見送る様子もなく、〃妙子おばあちゃん〃は雅子に言った。

「あら、本当ですねえ。私ったら気がつかなくて」

「本当にお構いなく。すぐ、終わりますので」

「いけませんよ。私は邪魔だろうから部屋に戻りますけど、お客さんに、失礼のないようにね」

〃妙子おばあちゃん〃は這うように廊下に出ると、私に笑いかけながら襖を閉めた。その気配が遠ざかると、雅子は、安堵を感じさせる息をついた。

「すみません。さっきのが私の母でして、今のが主人の母です。二人も年寄りがいると、気を遣うことが多くて」

二人、と雅子は言った。三人目が祖母ではないことは明らかだが、そもそもこの家には「年寄り」は二人しかいないのだろうか。だとしたら、貞晴に花瓶を投げつけたという〝つゆおばあちゃん〟は何者なのか。

どうすれば雅子に、その話を切り出せるだろう。私の迷いは、質問となって口から出た。

「岡部講師が指導中も、五時半になるとおばあさまが食事の用意を始めると聞きましたが、それは、先ほどの?」

台所のほうを見て、〝吟子おばあちゃん〟のことを示した。雅子は私の質問が不思議だったようだが、「ええ」と答えた。

「もともと、主人の父の家なんですが、主人の母は料理が得意じゃないみたいで。最近じゃ、もっぱら、台所は私の母の領域ですね。主人の母ももう、遠慮して台所には近づきません。……まあ、あの二人はもともと、あんまり話が合わないみたいで」

そういえば、先ほどもこの場所に居合わせたのに、二人はお互いを見ようとはしていなかった。

「あらやだ、私、余計なことを。その……、こういう、食卓で勉強をしちゃいけないとか、そういう話ですよね」

「ええ、まあ」

私はごまかした。

「本当はね、あの子の部屋を使えばいいと思うんですけど、ちょっと、勉強できる環境

「じゃないっていうかねえ」

家の中を見て回る機会が訪れた。

「よければ、貞晴くんのお部屋を見せてもらえませんか？」

「いやあ、本当にお見せできる部屋では。散らかってもいますしねえ」

「生徒の普段の生活環境を見るという意味もある訪問ですので。私のほうから岡部講師に言って、貞晴くんに片付け指導をすることもできるかもしれない」

「片付け指導！　勉強だけではなくそんなことまでしてくださるんですか？」

雅子はすっかり態度を変え、どうぞどうぞと立ち上がった。廊下を、店と反対側に進む。左手には引き戸が二つ、右手はトイレと風呂があり、奥に階段があった。薄暗い電球の明かりの中、途中で折れ曲がっている。古い家なのだろう、登るたびにぎしぎしと音がする。登りきると、もはや廊下とも呼べない狭い空間に向け、ドアが二つある。トイレは一階にしかないようだった。

「どうぞ、こちらです」

雅子は、二つあるうちの一つの扉を開いた。

三畳ほどしかない、狭い部屋だった。学習机と箪笥（たんす）とベッド。そもそも、家具で足の踏み場がない。ベッドの枕元の棚に十二インチほどのテレビがあり、その脇に漫画の本が積まれている。

「この部屋はもともと、亡くなった主人の父の部屋なんです。あんまり広い部屋は必要ないって。ただ、子どもでも中学生ともなると、これくらいの荷物が必要でしょう？布団でいいじゃないのって言っても、友だちはみんなベッドだから、って言うんですよ。ベッドに座って机に向かえるっていっても、家庭教師の先生と二人じゃ、きついでしょう？　しかも、机の上がこの状態じゃあねえ……」

脱いだままの服や、教科書類、プリント類、そしてやはり漫画でいっぱいなのだった。

「この部屋にもテレビがありますが、ゲーム機は下にありましたね」

「下だと、起きている時間にやっていても監視できますし。そうでなくても、夕食前は、下にいるように言ってるんです」

そこまで言うと、雅子ははっとした顔になった。

「……それに、この部屋にゲーム機を置いておくと、夜中、朝までやっちゃうかもしれないでしょ」

どうもちぐはぐだ。何かを隠している表情に、私には見えた。

そして、もう一つおかしいことに私は気づいていた。

「この隣の部屋は、ご両親の寝室ですか？」

「ええ。この部屋の三倍くらいの広さはありますから、充分です」

雅子はにこやかな表情に戻った。二階には両親の部屋と貞晴の部屋しかない。階下の住居部分には、畳の居間と台所、トイレと風呂以外に、部屋は二つしかなかった。二人の祖母は話が合わないとなると、別々の部屋を使っている可能性が高い。……三人目の祖母〝つゆおばあちゃん〟は、どちらかの祖母と同室なのか。そもそも私はこの家に来てからまだ、〝つゆおばあちゃん〟らしき老婆に会っていない。

雅子にどう切り出すべきか、迷っていた。しかし、貞晴の背中の傷については、問いたださなければならない。岡部講師によれば、貞晴ははっきりと「〝つゆおばあちゃん〟に花瓶を投げつけられた」と言っていたのだ。

「お母様」

私は重い口を開いた。

「実は、岡部講師に聞いたのですが……」

階下から叫び声が聞こえたのは、そのときだった。

7

「すみません！」

雅子は血相を変えると、急な階段を転がるように下りていく。後を追う。

叫び声は、泣き声に変わっていた。雅子が開けたのは、居間の襖の向かいにあたる引き戸だった。畳の上に丸まっているのは、クリーム色のカーディガンの背中だった。背の高い箪笥と仏壇しか物のない、整然とした六畳間だが、畳の上に何かが散らばっていた。

「お義母(かあ)さん」

雅子が声をかける。老婆――〝妙子おばあちゃん〟が上げた顔は、死人でも見たかのように真っ青だった。

「雅子さん、見なさいよ！」

妙子おばあちゃんは私の姿などまるで見えないかのように取り乱しながら雅子の足元に這い寄り、部屋中に散らばっているそれを指さす。私はかがみ、それを一つ、拾いあげた。――かきもちだった。

「どうして……」

雅子も、義母と同じく蒼白(そうはく)の顔だ。

「仏壇にあったのよお！　ねえ、貞晴に言っといておくれよお！」

「言ってますよ、ちゃんと」

「私はもう、耐えられないよ。店なんか畳んで、引っ越そうよ。明憲(あきのり)に言っておくれよ」

「無理ですよ。新しい仕事も見つけられないでしょう」

雅子も嘆きながら、義母の肩に手を置く。明憲というのがこの家の主の名前であることを、私は思い出していた。それよりも、この嫁と姑が怯えている対象は何か――。

〝つゆおばあちゃん〟だろうか。

「原田さん。申し訳ないんですが、今日のところはお引き取り願えますか？」

雅子がこちらを振り返って言った。

「しかし……」

「お願いします！」

ただならぬ雰囲気に、私は従うしかなかった。居間に置いてあったカバンを取り、店のほうへ向かった。

固い物が棚から落ちる音がした。同時に、店の中で人影が動くのが見えた。次いで、ガラス戸を開く音。何者かが、私が近づいてくるのに焦って出ていったように思えた。

私は靴にかかとを入れるのももどかしく、後を追う。

ガラス戸を開いてすぐに右を見ると、紺色のコートを着た背の低い人影が足早に去っていくのが見えた。白髪や背格好からしてかなり年配の女性であることがわかる。

私は確信した。〝つゆおばあちゃん〟だ。

彼女は住宅の角を右に曲がった。私は《藤野電工修理店》を出て、その後を追う。角に隠れながら彼女を尾行する。私が追跡していることに気づいているのか、彼女の足はだんだん速くなっているように思えた。

　違和感に気づいたのは、角を四つほど曲がったときだった。たしか岡部は、〝つゆおばあちゃん〟について、壁に手をつき、よろめいて現れた、足が悪そうだったと言っていた。それが、今、目の前を歩いていく老女の、なんと健脚なことか。わき目も振らず、すたすたと歩いていく。岡部が見たときには足が悪いのを装っていたのだろうか。

　尾行は、五分ほどで終わった。コートの老婆は、ある家の門を通り抜けていったのである。ブロックの角の位置にあたる家で、椿に似た葉の立派な生垣に囲われている。家の前まで行くと、石造りの門柱の奥に、引き戸の玄関があった。門柱には陶製の正方形の表札が貼られ、「諏訪」という名字の下に家族の名前が書かれていた。

　その名前を一つ一つ見ていく。

「紘一　妙子　孝也　直美　春也　聖子」

　どういうことだ。私はその場に、立ち尽くした。

　紘一というのが世帯主の名前だとすれば、今入っていった老婆はその配偶者であるはずだ。つゆではなく、妙子、となっている。妙子といえば、藤野貞晴が最も仲のよい、かきもちを持ってきてくれる祖母の名前ではなかったか。

　混乱していた。さっき、仏壇の前で泣いていた老婆は〝妙子おばあちゃん〟ではないというのか。

玄関を開けて入りたい衝動に駆られるが、そういうわけにもいかない。自分の身分を何と言っていいかわからない。私はとりあえず、門柱から離れ、生垣の角を曲がっていく。向こうに、縁側が見えた。籐でできた揺り椅子が置いてあり、一人の痩せた人物が横たわっている。私はとっさに頭を低くする。

向こうは気づいていないようだった。もう一度覗いてみると、それが若い男性であることがわかった。少年のようにも見えるが、背の高さは成人である。パジャマを着ていて、首が曲がっている。笑っているようにも見えるが、表情に変化がない。そして何よりの特徴として、彼の首にはチューブが繋げられ、そばには医療用と思われる大きな機械があった。

「ちょっとあんた」

咎めるような声に、私は振り返った。パーマをかけた、五十代の女性が怖い顔をして立っていた。

「何してんの」

「ああ、すみません」

謝ると、彼女は私の腕を引き、「こっちに来なさい」と、すぐ近くの電柱の陰まで連れて行った。

「諏訪さんちはね、春也くんがあんなになっちゃってかわいそうなんだから、じろじろ覗いちゃ、だめ」

彼女が諏訪家の人間ではないことに安堵しつつも、胸中のざわめきは止まらない。

「あんなになっちゃって……とは？」

「やだ、あんた、知らないの？」

彼女は眉をひそめた。

「春也くんはね――」

8

寒いアパートの部屋で、私は食べかけの唐揚げ弁当の箸を止めた。

「ふわぁぁん、ふぁぁぁん」

私の向かいにはいつものようにリサが座り、頭にペンライトを当てて謎の声を出していた。私が何も反応しないのを見るや、ペンライトをしまい、頬杖(ほおづえ)をついた。

「どうしたの、そんなに考え込んじゃって」

「別に、考え込んではいない」

大塚から池袋まで帰った私は、職場へ足を運んだ。職場では室長に提出する家庭訪問の報告書に取り掛かった。しかし、今日あったことをすべて書くべきかどうか、悩んでいた。

「今回は、私の推理は必要ないみたいだね」

　私の前で、リサは言った。

　私は真実を、呼び止められたパーマの中年女性に聞いたのだ。

──春也くんはね、三歳のころ、頭になんかの工具が当たって、ああいう状態になってしまったのよ。

──工具？

──そう。諏訪さんの家はほら、駅の近くで中華料理屋、やってるでしょう。そのお店のネオンがつかなくなっちゃって、電気の修理屋さんを呼んだのよ。お店を開ける前の午前中に作業をしていたんだけど、どうやら修理屋さん、前日、飲んじゃって二日酔いだったらしくてね、ネオンを直している最中に、腰に付けた袋から工具が落ちちゃって、それが、たまたま遊びに来ていた春也くんの頭にぶつかったのよ。春也くん、倒れちゃって。すぐに救急車で運ばれて、命は取り留めたんだけど、あの通り。

──その、修理屋というのは。

──ここから歩いてすぐのところの修理屋さんよ。ものすごく謝ったっていうけど、諏訪さんからしたら、謝られてもねえ……。特に、妙子さんは初孫があんなことになったショックで、おかしくなっちゃって。あるとき、その修理屋さんに出向いたときに、修理屋さんの家の子どもの頭を撫でて「はるぼう」って言い出したんですって。それ以来、妙子さんは毎日のように修理屋さんを訪れて、自分の孫のように接しているらしいわ。はっきりとは知らないけど、春也くんのご両親と修理屋さんのご家族のあいだでは、妙子さんの訪問と、お子さんに自分の孫のように接することを許すっていう契約みたいなものができているらしいのよ。修理屋さんのお子さん、もう中学生らしいけれど、妙子さんは放課後の時間になると、毎日行ってるらしいわ……そりゃ、修理屋さんも、嫌とは言えないわよねえ。

会社へ向かう道すがら、そして、自分のデスクについてからも、ずっと私は、藤野家のことについて考えていた。

諏訪妙子の訪問を認めているとはいえ、藤野家の者にとって、彼女は気持ちのいい存在ではないはずだ。貞晴が学校から帰ってあの居間で遊んでいるときを見計らい、妙子は訪問するのだろう。そのあいだ、二人の本当の祖母は、妙子がいる居間を訪れないようにしている。そして、居間以外の部屋にはくれぐれも出入りしないよう、貞晴の口を通じて妙子に言っているはずなのだ。

ところが今日、諏訪妙子は貞晴の目を盗んで、つゆ（私にお菓子を勧めてくれた、貞晴にとっては本当の父方の祖母）の部屋に入り、仏壇に自分のかきもちを供えたのだ。

私が二階にいるときに仏壇のかきもちを見つけたつゆは我慢ができず、叫んでしまった。つゆは「もう耐えられない」というようなことを口走っていた。他人が自分の家に勝手に上がり込み、孫を自分の孫扱いすることや、何かへのあてつけのように家の中を徘徊することを言っているのだろう。あのヒステリックな様子を見れば、貞晴に何かをぶつけてしまうこともありそうだ。貞晴の背中のあざもそうしてつけられたのだろう。

報告書がいっこうに進まないので、私は八時過ぎに思い切って藤野家に電話をかけた。出たのは雅子だった。今日のことを謝る雅子を宥め、私は諏訪家を訪れたことを告げ、貞晴の背中のあざのことをそれとなく訊いた。雅子は言いにくそうだったが、妙子のことが原因でつゆが貞晴に花瓶を投げつけたことを告げた。

もしそういったことが続くようなことがあればしかるべき施設に相談することを勧めると言うと、雅子は戸惑いながらも礼を言い、「今後は私も気をつけますから」と言った。そういう返事があった以上、当面、見守るしかない。報告書には「祖母による突発的な行為による傷。継続的ではない」と書いて提出した。杉浦は無機質な顔で、安心しましたと言い、沼尻室長は報告書を一瞥しただけで、デスクの引き出しにしまった。

「まあ、一つ言えるとしたら、『台所が吟子おばあちゃんの専用スペースみたいになっている』と雅子さんに告げられた時点で、気づけることはあったよね」

私の心とは裏腹に、リサは楽しそうだった。

「かきもちは、スーパーかどこかで買ってきた切り餅を自分で炒って作ったものだったんでしょ。吟子おばあちゃんの許可なく、藤野家の台所は使えない」

〝妙子おばあちゃん〟のかきもちは、別の家の台所で作られたものだったのだ。

「もちろん、部屋にコンロか何かを持っている可能性も否定できないけど、おかしいな、くらいは思えたはずだよね」

リサは笑うと、すぐに表情を引き締め、「しょうがないよ」と私の顔を見る。

「妙子おばあちゃんが藤野家に来るのは、みんな認めているわけだし。当の貞晴くんはむしろ、妙子おばあちゃんに一番なついてるんでしょ」

それが一番の問題なのではないか。私は言いかけてやめた。何を言っても、家庭教師派遣センターの出る幕ではない。明らかな虐待がなければ、児童相談所に報告はできないのだ。

「無力だね、家庭教師派遣センターは」

無力。その言葉しかない。私は再び箸を取り、冷たい夕食を再開した。

スマートフォンが震えた。メッセージを受信している。清遠からだった。

（今日、大丈夫でしたか？）

私が報告書を前に動かなかったのを、彼女は見ていたのだろう。またメッセージを受信した。

(お話をしたく思います。実は、お宅の近くまで来ているんです)

時計を見る。十二時近かった。近くまで来ている?

「例の、彼女だね」

リサはニヤリと笑うと立ち上がった。

「いったいどうして、ここを知っている?」

リサに聞いてもどうしようもないことが口をついて出る。

「さあ。こないだ、つけてきたんじゃないの?　どっちにしろ、邪魔者は消えるよ」

マフラーを巻き、コートを羽織り、ローファーを履きはじめる。

「さよなら」

「待て」

私は彼女を追う。革靴を履いて外へ出ると、すでに彼女は、外階段を足早に下りるところだった。

「ちょっと、待て」

「やだよ。今日は帰る」

かたくなに言い放つと、彼女は外階段の最後の段からアスファルトに跳び下り、走りはじめた。私も一歩出たが、ずるりと足元が揺らいだ。

「あっ！」

尻を強打し、そのまま階段を転げ落ちてしまった。

「くっ……」

激痛と共にうずくまる。寒気が私をあざ笑う。

「原田主任」

声と共に、走って近づいてくる足音がした。

「大丈夫ですか」

街灯の光の下、立ち止まって私を心配そうに見下ろしているのは、清遠初美だった。

上気した頬が赤く染まっている。白く闇に消える呼気が、やけに瑞々(みずみず)しく見えた。

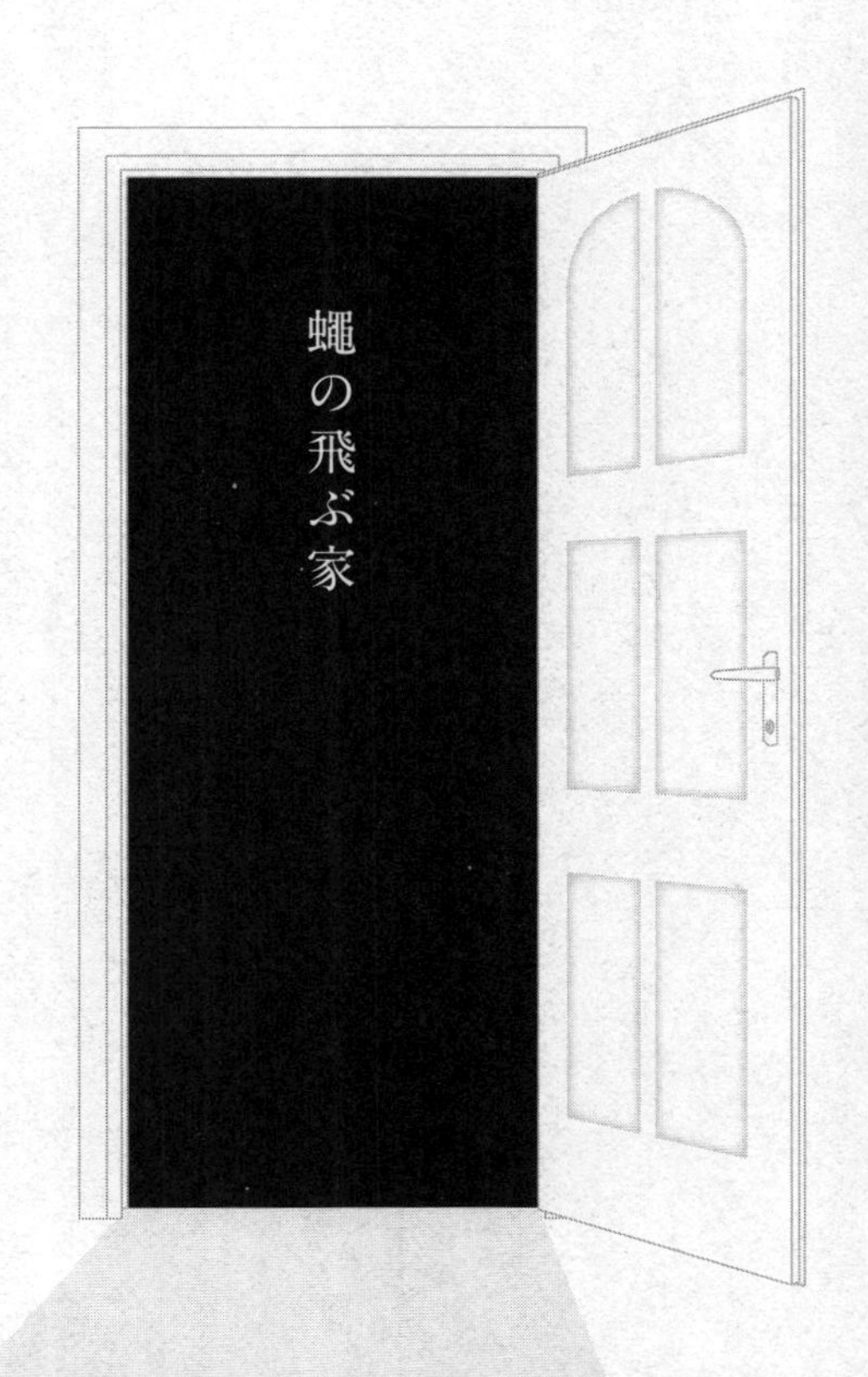

蠅の飛ぶ家

1

スマートフォンの地図アプリには慣れたつもりだったが、やはり来たことのない住宅街では迷ってしまうこともある。私がその家を見つけたのは、約束の時間まであと一分というときだった。

白い壁の二階建てで、植木の植わった庭もある。……私がたどり着いたのは玄関ではなく、家の裏だった。勝手口のようなものは見当たらない。ブロック塀沿いに小道を歩いていく。のっぺりした白い壁は角度を変えても同じように見えた。上から見たら真四角の形をしているのがはっきりわかる家屋だった。

ようやく玄関にたどり着き、インターホンを押す。応答があり、身分を名乗ると、ほどなくして玄関が開いた。

「どうぞ、お待ちしておりました」

私を迎えた藪下丈二郎（やぶしたじょうじろう）は、こちらが怯（ひる）んでしまうくらいににこやかだった。

「失礼します」

玄関を入っていくと、正面に長い廊下が延びていた。ライトグレーのタイルが敷き詰められた土間には、茶色い革靴と、ピンク色のエナメルの女の子用の靴がそろえてある。木製の靴箱の上には、白い花瓶に花が活けてあった。

「博がやったんですよ」

私の目線を察してか、藪下は言った。

「きれいでしょう」

仮面のような微笑みの奥に、一抹の寂しさのようなものが見えた気がした。

「ええ」

私はそれだけ答え、スリッパに足を入れる。絨毯敷きの廊下は柔らかく、かえって歩きづらい印象だった。通されたのは、玄関を上がってすぐ左手にあるリビングだった。白い革張りのソファーとガラスのローテーブル。入口正面がガラス戸になっており、芝の敷かれた庭が見える。ドアを入ってすぐ右手の壁にはマントルピース——飾り暖炉があり、その上には熊やウサギのぬいぐるみがところせましと並んでいる。なぜか胸騒ぎがするような既視感を覚えたが、それを押し込め、ソファーのほうへ歩み寄る。

羽音と共に、私の鼻先を黒い物体が横切った。蝿だった。

「すみませんね、今朝から一匹、いるんですよ」

藪下は私の様子を見て、言った。

「どこから入り込んだのか。うるさいですよね」

私はソファーの脇にカバンを置き、名刺入れを取り出す。

「いえ、大丈夫です」

「改めまして、《家庭教師のシーザー》より参りました、教務主任の原田と申します」

藪下は名刺を受け取って私の名前を見ると「おや」と目を見開いた。

「原田保典さん……。どこかで拝見したような名前ですね。芸能人にいましたでしょうか」

「いいえ。聞いたことはありませんが」

「そうですか、どうぞ」

私はソファーに腰かける。藪下も私の向かいに座った。

「ひょっとしたら、生徒の名前かもしれない。仕事柄、たくさんの生徒と関わり合いがありますからね」

藪下の仕事はスクールカウンセラーだと、資料に書いてあった。小中学校には必ずいたが、私自身は世話になったことがないので、遠い存在だった。

私は軽くうなずくと、カバンから資料を取り出した。

「博くんですが、算数と理科の理解が上がってきていますね」

資料には、担当講師である日比野照之(ひびのてるゆき)のコメントと、小テストの結果が書かれている。

「このままいけば、志望校の合格も確実であると……」

「原田さん」

藪下は、資料を見てはいなかった。私の顔をじっと見ているのだ。笑顔とも真顔ともつかない表情だ。

「それとも、原田先生とお呼びしたほうがいいのでしょうか」

「どちらでも」

「では、原田先生。回りくどい話はなしにしましょう。今日いらしたのは、成績のことが理由ではないのでしょう？」

冷や汗が出そうになる。

「と、言いますと？」

「人間は隠し事をするとき、えてして自覚のない癖が出てしまうのですが、あなたの場合は両耳が赤くなるんです」

私はとっさに、耳に手をやった。藪下は笑った。

「失礼。今のは冗談です。しかし、あなたが隠し事をしているのは、冗談ではないようですね」

二十は年上であろう彼のペースに、私はすっかり飲み込まれていた。

「博の足の傷の件でいらしたのでしょう?」

その穏やかな目と柔らかい声は、私の体を見えないロープでがんじがらめにするかのようだった。

2

日比野照之が面談を申し込んできたのは、先週の火曜日のことだった。

その日、私は尻の痛みを抱えつつ、《家庭教師のシーザー》池袋教室のデスクで、書類の処理をしていた。

「主任、昨日は大丈夫でしたか?」

清遠初美が訊ねてきた。

「ああ」

私は多少、恥じ入るような気持ちで答えた。

その前日、彼女は私の住んでいるアパートにやってきていた。ちょうど私のアパートの下までやってきたとき、二階の部屋から私が勢いよく飛び出してきたのを目撃した。私はリサを追いかけて外に出たのだが、慌ててしまい、外階段で足を踏み外して尻餅をつき、座るような体勢のまま、外階段を落ちていったのだ。尻を押さえている私を心配そうに見下ろす彼女の姿を思い出すと、顔から火が出るような思いになる。

「病院、行きましたか？」

「午前中に。歩くのに支障はないだろうが、激しい運動や、重いものを持ち上げるのは避けるように言われてしまった」

「まだ痛みますか」

「多少は。しかし、骨が折れなかっただけ幸運だったというべきだろう。それより、君のほうは大丈夫だったのか。あのあと、タクシーで帰れたのか？」

その晩清遠は、尻を打っている私を心配して、部屋までついてきた。私のほうはそれから階段を上ることもできたので、大したことはなかったのだろう。

部屋に戻ってコンビニの弁当のゴミを捨て、清遠に紅茶でも淹れようかと思ったところで、「急にすみませんでした。今日は帰ります」と彼女は頭を下げたのだった。何か相談事でもあったんじゃないのかと訊いたが、「今日は主任、大変そうなので。タクシーを呼んで帰ります。それより、病院に行ってくださいね」

そう言い残し、彼女は帰ったのだった。

「しばらく我慢すれば治るだろうと医者から言われている」

清遠を納得させ、自分のデスクに戻るきっかけを与えたつもりだった。しかし彼女は私の顔を見たまま、その場を動こうとしなかった。そればかりか、

「主任」

声を一段、落とした。

「昨日の夜、誰かを追いかけてらっしゃいましたよね？」

どきりとした。

「誰を追いかけていたんですか？　私、よく見えなくて」

「親せきの子どもだよ」

私はとっさに嘘をついた。リサとの関係は、職場では秘密だった。いや、職場だけではない。私の人生に関わるすべての人間に対して秘密だ。もちろん、景子にだってしゃべったことはない。

「親せきの、子ども」

「ああ、姉の娘、つまり、姪だ」

私が一人っ子だということを、彼女に話したことはあっただろうかと、言ってしまってから考えた。清遠は不審そうに、そしてなぜか少し寂しそうに黙っている。

電話が鳴ったのはそのときだった。他に職員がいるときは特に電話を取らない私だが、とっさにデスクの電話の受話器を取った。

「《家庭教師のシーザー》池袋教室でございます」

〈あのぉ、そちらで講師をしている、日比野といいますけれど〉

そのおっとりとした口調に、彼の顔がすぐに頭に浮かんだ。日比野照之といって、今年、豊島区内の私立大学に入学した学生アルバイト講師だ。私が面談をし、研修を行い、つい一か月ほど前から、小学五年生男子の中学受験用の算数と理科を指導してもらっている。派遣先の家庭は、千川にある。両親が離婚していて、父親と息子の二人で暮らしている家だったはずだ。自分の担当している講師の派遣先の家庭のことをすべて覚えているわけではない。父親が申し込みの電話をかけてくるというのは珍しいことなので、その印象が強く残っていたのだと思われる。

「日比野講師か。原田だが」

〈あ、原田さんですか。どうも〉

清遠は軽く会釈をしてデスクに戻っていく。

「どうかしたのか。定期面談にはまだ日があったと思うけれど」

〈ええとぉ……、何から話していいかわからないんですけど、俺の……あ、いや、僕の担当している藪下博くんなんですけれども、ちょっと危ない目に遭っているみたいです〉

身が引き締まる思いになる。ここのところ、こういう話を講師からよく聞くようになっている。

「危ない目、とは？」

〈ええとぉ……、そうですね、何から話していいか……〉

どうも煮え切らない。何か、話しにくい事情があるのだろうか。

〈ええとぉ……、あの……〉

私も忍耐強いほうだが、次第に苛立（いらだ）ちを感じてきた。

「もしよかったら、じっくり話を聞くから、今からこちらに来られないか」

〈ええとぉ……、こちらっていうのは、研修をやった池袋のビルのことですよね〉

「そうだ」

〈いいですけど、今、学校なんで、スーツじゃないですけどいいですか〉

別に面接をするわけでもないし、講師が定期面談に来るときの格好は、とりたてて華美でなければ文句は言わないことにしている。私が大丈夫だと返事をすると、日比野は二十分くらいで行きます、と言った。

やがて現れた日比野は、真っ赤なトレーナー姿だった。短く刈り込まれた天然パーマの頭。目鼻立ちものっぺりとしていて、東京の学生というよりは、北海道か東北で酪農でもしていそうな顔立ちだ。

「こんにちは、原田さん」

おどおどした様子で、彼は言った。

「こちらへ」

私は彼を、〈面談室1〉へ案内した。

＊

ええとぉ……僕が初めて藪下家に行ったのは、知っていると思いますけど、一か月前の火曜日です。それ以来、火曜日には算数、木曜日には理科を受け持っています。成績はいいんですけど、受験算数って、公立の小学校じゃ習わないテクニックを使うことが多くて、それはまだまだ使いこなせてないという感じです。……ええ、僕は自分が中学受験をするときにバッチリやりましたから、指導は大丈夫だと思います。

で……、今日来たのは、そんなことが言いたかったんじゃなくてですね、……そうだな、何から話せばいいか……、まず、先週の火曜日のことから聞いてもらえますか。

火曜日は算数をやっているんで、僕はいつも通りテキストを持って、四時二十五分くらいに藪下家についたんですね。四時半から一時間半の指導ですから、はい。いつも通り、お父さんはまだ帰って来てなくて……あ、知ってますよね、藪下家はご両親が離婚して、お父さんが一人で博くんを育てているって。

はい。それで、いつも博くんが玄関先で迎えてくれるんですけど、その日はインターホン越しに「鍵が開いてるから、勝手に入ってきて」って言うんですよ。俺……、あいや、僕、おかしいなあと思いながら玄関を開けて入ったんですね。で、ぎょっとしちゃって。

白いドレスみたいなのを着た……、あれ、なんていうんですかね、ふりふりのレースみたいなのをつけたタイプのスカートの。うん、やっぱりドレスだなあ。それを着た、肌の白い綺麗な女の子が立っていたんですよ。髪の毛は栗色で、肩よりちょっと長いくらいでね。僕はなぜか焦っちゃって、博くんの友だちか、ひょっとしたら彼女かもしれないじゃないですか。で、「博くんはいますか」って訊いたんですよ、敬語で。

そうしたらその女の子、寂しそうな顔をして「僕だよ」って言うんです。

そうです。その子、自分が藪下博だって言うんです。たしかに声は博くんですけど、見た目が全然違ってて、僕、もう驚いたまま立ち尽くしていたら、リビングの扉が開いて、博くんのお父さんが出てきたんです。

「驚かせてしまって申し訳ないです。しかし先生には、博の口から直接言わせたかったものですから」って。

いつもは、玄関を入ったらそのまま二階の博くんの部屋に行って勉強を始めるんですが、その日はお父さんがまず、博くんだけを部屋に行かせて、僕は一階のリビングに通されたんですね。

「博はどうやら、トランスジェンダーらしい」

博くんのお父さんは僕にそう言いました。

幼稚園生のころから、怪獣とか電車とか男の子が好きなものには目もくれず、人形とかおままごとセットとか、そういうのに興味を示していたようです。あるとき、お母さんが……、あ、そのときはまだ離婚していなかったんですけど、友だちから借りてきた女の子の服を着せてお化粧をしてみたんですって。もちろん、軽い遊び心だったんでしょうけど、博くんは鏡の中の自分を見て、のぼせ上がったようになっちゃったらしいです。そして、「僕、女の子として生きたい」って言ったんだそうです。

それ以来お母さんは博くんの目の届かないところに化粧品を隠したり、二度と女の子の衣装を見せたりしなかったんですけど、大きくなるにつれて博くんは「女の子になりたい」と主張するようになって、そのあとのことは博くんのお父さんもあまり話してくれなかったんですけど、離婚したのも、それが理由じゃないかと思います。

僕も、高校の保健体育の授業だとか、大学に入ってからも聞いていたのでそういう人たちがいるのは知っていましたが、博くんがまさかそうだとは思わなかったので、びっくりしてしまいました。前回の指導のときまでは普通に男の子の格好をしていたし、言動にも女の子っぽいところがなかったから、全然気づかなかったんです。博くんのお父さんは少し笑いながら、「正直に言うと、学校には隠してるんだ」って言ったんです。

そういう人たちについての理解が進んでいるとはいえ、まだ小学生のあいだには広まっていないだろうというのがお父さんの考えです。というのも、お父さんの仕事、スクールカウンセラーで、今の小学生とか中学生の事情はよく知っているんです。中には博くんと同じように女の子になりたい男の子の相談も受けたことがあって、クラスのみんなに正直に話したケースもあるんだそうです。クラスメイトたちは一応はその男の子のことを受け入れたみたいなんですが、その後どうも友だち関係がうまくいかなくて、結局不登校になってしまったそうです。

みんなに受け入れられる努力をするか、隠すか、お父さんと博くんは話し合って、隠すことにしたんです。そのぶん、家では好きな格好をしていていいと言ったんだとか……。ところが、中学受験をするとなるとどうしても塾に通わなければいけません。塾でも同じく男の子っぽく振る舞うことにしたんだそうですけど、ええと……、においつき消しゴムって知ってますか？　はい。女の子の好きなキャラクターの絵のついたにおいつき消しゴムを筆箱に入れているのを、別の学校の男の子に見つかってからかわれて、「やめてよ」って怒鳴ったんだそうです。その言い方が女の子っぽいっていうんでまたからかわれて、泣いちゃって……。はい。それで、隠しながら塾に通うのがつらくなってやめてしまい、《シーザー》に申し込んだというわけです。

で、僕にも初めはその事実を隠すことにしたんだそうですよ。やっぱり、気味悪がられたり好奇の目で見られたりするのが嫌だったそうなんで。でも、お父さんが言うには、博くんは僕のことを気に入ってくれたみたいで、やっぱり打ち明けたいっていうんですね。それで、その日、僕に打ち明ける覚悟で女の子の格好をして待っててくれたんだそうです。

「博のこと、受け入れてくれますか?」

お父さんは僕に訊ねました。僕は迷いましたけど……、その、時計を見たらその時点で五時になっちゃってて。はい。前回出した宿題の丸つけと復習もしなきゃいけないし、その日の単元はちょっとややこしいところだったから時間かけて指導したいと思ってて……、つまり、「とりあえず、今日の勉強を教えてきていいですか?」って言ったんです。お父さんは驚いた様子でしたけど、「ええ、どうぞ」って。

格好こそ女の子でしたけど、それ以外はいつもの博くんでした。……あ、「そういうことね」とか「わかったわ」とか、口調はたまに女の子っぽかったですけど、字も博くんの字だし、呑み込みの速さも、小数の割り算が苦手なところも。とにかくその日の指導を駆け足で終わらせて、博くんと一緒に下に降りていったら、お父さんが待ち構えていて、もう一度訊いたんです。

「博のこと、受け入れてくれますか?」

僕はうなずきました。算数や理科を教えるのに、相手が男の子か女の子かなんて関係ないし、その……、びっくりしたのは事実ですけど、学校にも塾にも秘密にしていたことを打ち明けてくれるなんて、なんか、嬉しいじゃないですか。お父さんはありがとうございますと頭を下げた後で、さらに僕に言ったんです。

「池袋教室の人たちには、こちらからタイミングを見て言うから、日比野先生のほうからはまだ内緒にしておいてくれませんか」って。

　これにはちょっと迷いました。指導先の家庭で気になることがあったら、こちらに必ず報告するようにって研修で言われましたから。こんなに「気になること」は、たぶんないと思います。けど……、こんなに真剣になって頼まれたんだから、秘密にしなきゃいけないって思って、先週は言えませんでした。すみません。

……あ、いや、ここまではびっくりしたことで、本当にお話ししたいのはその後のこと、今日見たことなんです。

　今日、博くんはこのあいだとは違う、ピンクのスカートに白いブラウス、栗色のロングのかつらをつけて、僕を待っていました。お化粧も、お小遣いをためて自分で買ったらしくて、慣れたものですよ。

　博くんの異変に気づいたのは、二階の部屋に行くときです。歩き方が不自然で、右足を庇っているような感じなんですね。「足、どうしたの？」って訊いたら「何でもない」って言うのでほっておいたんですけど、指導中もしきりに身をかがめては右足首を靴下の上からさすっているんです。

「ちょっと見せてみて」って強引に靴下を脱がせたら、輪を嵌めたように真っ赤で。あの、スマホで撮らせてもらったんで。

……ほら、これです。赤くなって、ところどころかさぶたがあります。

どうしたんだって訊いたら博くん、黙って首を振るだけなんです。

僕はとっさに、友だちにいじめられたんだと思いました。その、博くんの心が女の子だというのがばれてしまったんじゃないかと。ところが博くん、それは断固として否定するんですね。それで、「私がいい子じゃなかったから……」って言って泣き出すんです。女の子に泣かれたら、やっぱり困るじゃないですか。……いやその、体は男の子なんだけど、実際、女の子なんですよ、本当に。

とにかく、その日じゅうに指導しとかなきゃいけないところはありますから、だましだましなだめすかして、演習のページは宿題にして終わらせちゃいましたけど。

＊

日比野はここまで話すと、ふぅぅと、ゆっくり息を吐き出した。

「その足の傷について、博くんからはそれ以上、何も訊かなかったのか？」

「訊けないですよ。そこからは博くんが思い出さないように、だましだましです。ですけど、『私がいい子じゃなかったから』っていう言葉だけで充分じゃないですか？」

「どういう意味だ」

ブースの中の椅子に腰かけたときから前傾姿勢だった彼だが、その背中をさらに丸めるようにして、声を潜めた。

「お父さんにやられたんですよ」

「なぜだ」

「お父さんはやっぱり、認めたくないんじゃないでしょうか、博くんの心が女の子であるということを。それで、矯正するために足を縛って、何かしたんじゃないかと思います」

「しかし、博くんのお父さんは、博くんのことに協力的なんじゃないのか。君にカミングアウトするときにも背中を押してあげたんだろう」

「そりゃそうですけど……、うーん、どうだろうな。なんか、僕と話しているときも、納得していない顔をしていたような気がするんですよ」

どうもあいまいだが、足に傷があるという事実は、先ほどスマートフォンで見せられた写真ではっきりしている。明らかに人為的な傷だった。

「『いい子じゃなかったから』っていう言い方は、親に何かされた子の言い方じゃないですか？」

この言葉にも説得力はあった。私は、家庭訪問を決めたのだった。

3

「失礼。ちょっとのあいだ、気配を消してください」

藪下は私の目を覗(のぞ)き込んでいた視線をいたずらっぽく緩めると、ソファーの下に手を入れ、蝿たたきを引きずり出した。ローテーブルの端に、さっきの蝿が止まっている。藪下は狙いを定めると、一気に蝿たたきを振り下ろした。蝿は絨毯の上に落ち、動かなくなった。

「わあ、やった。今朝から気になっていましてね」

子どもっぽいところがある。彼は蝿たたきをソファーの下に戻し、ティッシュペーパーで蝿の死骸をつまみ、握りしめて部屋の隅のゴミ箱へ捨てた。

「失礼、失礼。何の話でしたかな。……ああ、そうそう。実は先週の火曜に電話で家庭訪問をしたいと言われたとき、どきりとしたのですよ。私も職業柄、児童相談所の方と顔を合わせることも多く、《SCエデュケーション》さんがどういう活動をしているのか、聞き及んだことがありましてね」

藪下丈二郎は、柔和ながらすべてを見透かすような両目で、私を捕らえていた。

「もっとも、《家庭教師のシーザー》と《SCエデュケーション》が同じ会社だというのは、日比野先生が初めにいらした日に知ったのですがね。『そうか、あの、児童虐待調査を行っている家庭教師派遣業者というのが《シーザー》か』と」

「いえ、家庭訪問はそういう疑いのある家だけでなく……」

「隠さなくてもいいのです」

藪下は私にかぶせるように言う。

「家庭訪問の日取りを決めたあと、私は博に訊ねたのです。日比野先生に何か言ったのか、と。すると博は足の傷のことを話してしまったというではないですか。それで日比野先生が勘違いして原田先生に報告したのだということがわかったのです」

「勘違い？」

「ええ、そうです。あの傷は虐待などではない。スクールカウンセラーが我が子を虐待するなどあってはならない。……まあ、百パーセントないとも言い切れないが、少なくとも私は違う。ご説明申し上げましょう」

とソファーから腰を浮かせたところで、はたと藪下の動きは止まり、もう一度腰を降ろした。

「そうだ、その前に重要なことを一つ。原田先生は、博が女の子の心を持っているということも把握しておいでなのでしょうね」

性同一性障害やトランスジェンダーといった言葉は意図的に避けているのかもしれなかった。私はためらったが、「ええ」と答えた。

「ああ、それなら大丈夫です。日比野先生にはたしかに口止めをしましたが、責めるつもりはありません。先生からすれば雇用先にすべてを報告する義務がありますからね。その……、日比野先生はいつ、そのことを原田先生に報告したのでしょうか」

「先週の火曜日です」

「と言いますと、博がカミングアウトしてから一週間は黙っていてくれたのですか」

「そういうことです」

「誠実な先生ですね。こちらが黙っておいてほしいと言ったことを守ってくれたのですね。そのことについて、日比野先生を責めないでいただけますか」

「承知いたしました」

藪下は満足そうに微笑んだ。どうも捉えどころのない人物だ。

「では、どうぞこちらへ」

立ち上がると、廊下へと私を先導した。一度玄関のほうへ戻り階段を上っていく。二階にドアは三つあった。藪下は最も階段に近い扉を開いた。全体的に白い部屋だった。木製のベッドには自然志向の家具店で売っているような麻素材らしい布団が掛けてある。学習机の前には本棚があり、教科書類が並ぶばかり。カーテンも白で、ハンガーには黒いジャンパーが掛けられていた。ゲームやおもちゃといった類いのものはなく、整然としている印象で、ジャンパーこそ男の子用だが、他はきわめて中性的だった。

「ここが、博の表向きの部屋です」

「表向き、ですか」

「ええ。ごくたまにですが、学校の友だちが遊びにくることもありますので女の子っぽいものは控えてあるのです。日比野先生にいつも指導してもらうのもこの部屋です。初めは日比野先生にも隠していましたからね。……あ、そうそう、これを見てください」

藪下は机の端からはがき大のファイルを引き抜いて開いた。それはミニアルバムで、赤ん坊の写真が挟まっていた。

「生後一か月の博です。このころはほら、男の子なものですから、ちゃんとこういうシーツを使っていたのですよ」

写真の中のシーツは青地で、ロボットや車などの絵が描かれている。

「それが、ああなるとは、わからないものです。いや、ああなるという言い方はおかしいな。ああだった、と言うべきでしょうか」

私は返事に困り、「ええ」とだけ言った。藪下は気にした様子もなく、アルバムを閉じ、もとの場所へ戻す。

「さて、あちらの部屋へ行きましょうか」

私を促し、廊下へ出る。隣の扉に手をかけ、開いた。

「これは……」

私は思わず口に出してしまった。今見た部屋より一回り広かった。まず目に飛び込んでくるのは、中央のベッドだ。西洋の宮殿にあるような、天蓋付きのベッドなのだ。白い、絹の光沢のある布団が掛けられてあり、天蓋から吊り下げられたレースのカーテンがその周囲を囲んでいる。壁際には白い鏡台があり、化粧品が並んでいる。鏡台の脇のラックに差されているのは、少女向け雑誌やファッション誌の類いだ。ベッドと同じレースをあしらったカーテンのつけられた窓際には床置きのソファーがあり、可愛らしい猫の絵の描かれたクッションが二つ並んでいた。どう見ても、女の子の部屋だった。

「博は、ここで寝ているんですよ。どうぞ」

藪下と共に、私も部屋の中に入る。化粧品の臭いが鼻をついた。

「これらの化粧品は、博くんが？」

私は、鏡台に並ぶ、口紅やファンデーション、その他の化粧品を見て訊ねた。藪下は軽く笑った。

「博の小遣いだけではそろえられません。恥ずかしながら、私が買い与えてやるんです。ほら、こういう雑誌があるでしょう」

藪下はラックから雑誌を抜き取り、ぺらぺらとめくる。

「ほとんど、化粧品か洋服のカタログのようなものですよ。これを見ながら、あれがほしい、これがほしいと言うものでね。私も初めは拒否したが、同じような悩みを抱えている子を、いくつかの学校で見ていますから、心が苦しくなって買い与えてしまっているんです。……私と妻が離婚をしたのはご存知でしたでしょうか」

「ええ」

「離婚の理由もこれだったのですよ。妻は博の体と心が一致していないことをついに受け入れることはできなかった。自分が軽い気持ちで女装をさせてみたせいで、博の中に抑えられていたものを呼び覚ましてしまったのだと激しく後悔していた。私が博に化粧品を与えているのを見て、泣き崩れてしまいました。そして、私と博を置いて、実家に帰ってしまったのです」

悲しい告白だった。

「お子さんはいますか？」

藪下は、私に訊ねた。

「いえ。結婚もまだです」

「そうですか。自分の子どもが息子だろうが娘だろうが、愛情は変わらない。私はそう思っています。もちろんほとんどの親がそうでしょう。ですが、息子として育ててきた子どもの心が女であるということは、なかなか認められない親もいるのですよ。ただ、私は博がかわいそうでね。自分のせいで母親が出ていってしまったのではないかと今でも悔やんでいるんです。私には言いませんけどね」

訥々(とつとつ)と語るその口調に、私は聞き入っていた。もし自分に子どもができて、博くんのような状態だったら、受け入れることができるだろうか、とも。

「すみません。足の傷の話でしたな」

藪下はベッドに歩み寄り、枕元から何かを取り上げた。

「これですよ」

ぎょっとしてしまった。それは、女の子っぽい部屋には似つかわしくない、銀光りする手錠だったのだ。

「玩具(がんぐ)ですが、精巧にできていましてね。本物のように、一度嵌めたら鍵を使わないと外せないのです」

「それを、足に？」

「ええ。実は博、寝相が悪くて、夜、ベッドから落ちてしまうことが何度もあるんですね。あれで心は乙女ですから、寝相が悪いのは嫌だ、どうしても直したいと、右足を一方の輪に入れ、もう一方をここに」

藪下は天蓋を支えている柱の一本を握った。

「いつもベッドの左側に落ちるので、自分は左側にごろごろ転がっていく癖があるようだと言っていました。だから、右足を固定しておけばそちらのほうに転がることはなく、毎日続けているうちに寝相も直るだろうと考えたのでしょう。本当に、おかしなことを考える子ですよ。ところがその日に限って、右に転がっていってしまったのですね。足には手錠が嵌まったまま、体ごと落ちてしまったのです」

ははは、藪下は笑った。

「それで傷がついたということですか。しかし、日比野講師の話によれば、博くんは自分が『いい子じゃなかったから』と言って泣いたといいます」

「寝相がいい子じゃなかったという意味でしょう。何度も言いますが原田先生、博はあれで、女の子なのです。小学生の女の子というのは、大人がくだらないと笑い飛ばすようなことでも、思いつめて泣いてしまう生き物なんですよ」

スクールカウンセラーの口から出るその言葉には、何よりも説得力があるような気がした。化粧品を買い与えているところから見ても、日比野の「博の体と心が一致していないことを理解できずに虐待をしている」という推理は間違っているように思えた。

「ところで原田先生」

私が黙って考えていると、藪下は私に一歩近づいてきた。

「間違っていたら申し訳ないのですが、鬼子母神で虐待されていた少女を救ったというのは、あなたではないですか？」

「えっ」

不意のことで、顔に出てしまった。

「ああ、やっぱりそうだ」

藪下は嬉しそうな笑顔を見せた。

「半年ほど前に私どもの業界の集まりがあったときに、児童相談所の人が講演を行いましてね。社会において虐待防止活動を行っている取り組みの代表例として、《ＳＣエデュケーション》が取り上げられていたんですよ。そのときにあなたの顔写真を見たような気がするんです。名前はうろおぼえでしたが、鬼子母神のことはしっかり読ませていただきました。そうですか、やっぱりあなたでしたか」

今さらながらに握手を求めてくる。

「どうですか。博が帰ってくるまでまだ時間がありますから、下でお茶でも飲みながら、少しお話をしませんか」

「いや、その……」

私は断り切れず、彼について下に降りていった。

4

「そういうわけで、一口に不登校と言っても様々なケースがあるわけです」

向かいのソファーで、藪下は朗々としゃべっている。

「ええ」

私はうなずきながら、ティーカップを口に運ぶ。三杯目だが、もうぬるくなってしまっている。

「小学校高学年から中学校一年生くらいまでは特に難しい年頃ですからね。男の子は母親のいうことを聞かなくなり、父親が仕事の忙しい家だと、家庭内のコミュニケーションがまったくないというケースも珍しくありません」

「そうでしょうね」

私は先ほどから適当に相槌(あいづち)を打ち続けている。藪下は、格好の聞き役ができたとでも言いたげに、表情こそ変わらないものの、嬉しそうだった。

「児童がなぜ不登校に陥ってしまったのか、その原因を探るのは親にすら容易ではありません。本人でもうまく言葉にできないことがあるわけですから。担任教師は困って、私どもを連れて家庭訪問をすることもあります。ははは、原田先生、一緒ですな」

「いえ、私たちの家庭訪問は児童に会うのが目的ではなく、家庭の状況を見るのが目的ですので」

「家庭の状況を見る。まさにそれが重要なのです。私の経験から言うと、部屋が極端に散らかっている家庭は親が子の様子をしっかり把握できていないことが多い」

「そうですか」

私は今まで訪れた家庭を振り返ってみた。……先日の大塚の電気修理店は、店の中こそ散らかっていたが、居住空間はそうでもなかった。

「部屋の散らかり具合というのは心の散らかり具合でもあるものです」

「はあ」

「参考になるかどうかわかりませんが、三年ほど前のある不登校児のケースでは……」

私は再びティーカップの把手(とって)を持つ。彼はさっきからこうして一時間ばかり、自分の見てきた不登校児や問題児の話を私に披露し続けているのだ。親が虐待をしている家庭の話でもあれば参考になるかもしれないが、そういったケースを経験したことはないのかもしれない。

「原田先生、そちらに何か？」

藪下は突然、飾り暖炉のほうを振り返りながら訊いた。

「いえ」

「先ほどから、あちらに目を向けないように意識しているようにお見受けしましたので」

　ぎくりとする。たしかにそうだった。暖炉の上にあるあれに、目を向けたくなかった。

　藪下は二、三秒私の顔を見ていたが、やがてティーポットに新しい湯を入れるべく、電気ポットの「給湯」ボタンを押す。ぶずずと、情けない音が出た。

「おや、お湯がなくなってしまったみたいですね。お水を足してきましょう」

「あの、お構いなく」

「すぐですから」

　藪下は電気ポットの持ち手を握り、立ち上がる。この機会に帰ることを申し出ようかと腰を浮かせる。

「そのまま、お待ちください」

　彼は廊下に出る前に振り返ると、手のひらをこちらに向けて制した。その手のひらから不思議な力でも出ているかのように、私の体は止まってしまい、結局また、腰かけてしまった。

　つかみどころのない男だと思いながら、彼が息子に虐待をしている姿も想像できないでいた。もし彼が息子に何かプレッシャーを与えているのだとしたら、体に傷をつけるのではなく、言葉で精神的に痛めつけるのではないだろうか。もちろんそれも立派な虐待の一つだが、証拠が残らないので追及することが難しい。……いずれにせよ、今日はこのまま帰らざるを得ないだろう。

私の鼻先を、羽音がかすめていった。

蝿だ。さっき、藪下が殺したはずだが、また別の一匹がどこからか入り込んだのだろう。蝿は藪下のティーカップの下に敷かれているソーサーの縁に止まり、しばらく縁を歩いていたが、やがてまた飛び立った。私はその黒い点の行く先を見送る。飾り暖炉のほうへ向かっていることを認識して、目をそらした。

このわずかな時間のあいだに、どこへ行ってしまったのか、蝿の姿は見えなくなり、羽音すらも消えていた。

私は立ち上がった。この部屋に一人でいると、変になりそうだ。

廊下に出る。すぐ近くのドアが開いており、水音がしていた。

「すみません」

覗くとそこは洗面所で、全自動洗濯機の横に浴室らしきガラス戸がある。藪下は洗面台の蛇口のシャワーノズルを伸ばし、電気ポットに水を入れているのだった。

「あ、ああ、座っていてくださいと言ったのに」

水を止める様子もなく、こちらを振り返って彼は言った。

「お手洗いをお借りしたくて」

「この洗面所の隣です。電気は中に入ると勝手につきますから」

「お借りします」

私は廊下を玄関とは逆のほうへ進み、リビングや洗面所の扉と同じ色・形の扉を開いた。藪下の言うとおり、私が一歩入ると、電気は勝手についた。用をたして出ると、洗面所の水音は止んでいた。私はふと、右の方向を見る。暗い廊下が五メートルほど続いて壁に突きあたっている。右側、すなわち、洗面所とトイレのあるほうの壁にはもう一つ扉があるが、あれは藪下自身の書斎か寝室だろうか。左側、すなわちリビングのあるほうの壁には、ドアはなく、風車と花畑の描かれた小さな絵の入った額が飾られているだけだった。

「やあ、お湯が沸くまでもう少しお待ちください」

リビングに戻ると、先に戻っていた藪下がこちらを振り返って言った。

「本当はお菓子でも用意しておかなければならないところを、すみませんね。ああ、お菓子と言えばね、博は最近、お菓子を作りたいと言いましてね。本を買って勉強しているようなんですよ」

藪下は立ち上がり、テレビの脇のラックへ進む。本を取り出そうとしているようだ。放っておけばまたこの男のペースに巻き込まれる。

「ケーキだのクッキーだの、やっぱり女の子ですよね。男の子はお菓子を作りたいなんてなかなか言わないですから」

「藪下さん。せっかくお湯を沸かしていただいてすみませんが、私はこれで」

「おや」

藪下は意外そうな顔で私を見た。

「博に会っていかれませんか」

「私は会う必要はありません。それに、他に仕事もあるので」

「これは私としたことが。そうですよね。私なんかと違ってお忙しいお仕事でしょう」

そういうつもりで言ったわけでは……と弁明しようとすると、藪下は飾り暖炉のほうに目線をやった。私もつられてそちらに目線をやり、慌ててそらした。

藪下は、まるで子どもがおもちゃを発見したかのような喜びに満ちた表情に変わった。

私は嫌な汗でもかきそうだった。

「原田先生。あなたやっぱり何か、闇を抱えておいでなのでしょうな」

「何をおっしゃっているんです?」

「両耳が赤いですよ」

手を耳に当てようとして思いとどまった。さっきも聞いた冗談ではないか。藪下は笑いをかみ殺すような表情を見せながら、「どうぞ、玄関へ」と言った。

心に何かべとべとした物が粘りついたような気分のまま、私の足は玄関へと向かう。

ぶうんと、私の前を蠅が横切っていく。一刻も早くこの家を出たかった。

「もう、お会いすることもないでしょうな」

靴を履き、ドアのノブに手をかけたところで、私を見送る藪下は言った。

「お元気で」

「失礼します」

昼下がりの外の空気が、やけに新鮮に感じられた。

5

《家庭教師のシーザー》池袋教室へ戻ったのは、午後四時三十五分のことだった。私はまず、デスクから日比野照之に電話をかけた。家庭訪問をした旨と、足の傷についての父親の説明について話をするつもりだったが、まだ大学の授業中なのか出ることはなく、留守番電話サービスにもつながらなかった。

電話を切ると、十五分ほどかけて家庭訪問報告書を作成し、沼尻室長に提出した。室長はいつものようにガチャガチャの景品である骨格標本をバーバリーのハンカチで拭くのに執心していたが、報告書を一瞥(いちべつ)し、

「ご苦労様」

と言っただけだった。また嫌味を言われるかと思っていたので意外に思いつつも、デスクに戻ろうとすると、

「原田主任」

室長は私を呼び止めた。振り返ると、もう骨格標本は手に持っておらず、いつになく神妙な顔で手招きをしていた。私は室長のデスクに近づいていく。

「最近、働きすぎていないか？」

「はい？」

私は訝しんだ。ねぎらおうとでもいうのだろうか。

「いや、ここのところ、講師たちの妙な相談事をきっかけに、家庭訪問を立て続けにしているだろう？　精神的にも疲れがきていないかと思っているんだ」

「いえ、そんなことは」

それよりも室長が講師の相談を「妙な」と表現したところに、私は反発を覚えた。

「有給休暇も余っているだろうし。少し温泉にでも行って来たら。面談なんかは、割り振ってもらえれば」

「休めというのですか？」

「そんな怖い顔、しないで。心配して言っているんだからさ」

サーフィンが趣味の沼尻室長からすれば、仕事の合間に遊びにいくのは大切なことな

のだろう。しかし、趣味らしい趣味のない私にとって、休暇などどうでもいいものだった。当てつけに言われているようで、むっとした。

「ほら、原田主任のおかげで清遠さんもだいぶ面談がうまくなったみたいだし、できそうな講師は彼女に割り振っても……」

「今のところ、有給休暇を使うつもりはありません」

きっぱりと言い放ち、デスクに戻った。

それからも何度か日比野に電話をかけたが、結局彼は出ることはなく、私は九時半に退社した。沼尻室長はもちろんのこと、誰とも口をきかない仕事時間となった。

コンビニに寄ることもなく、アパートに帰る。電気をつけて、ダイニングテーブルの椅子に腰かける。何をしたわけでもないが、どっと疲れていた。

冷蔵庫を開けると、ラップをかけた茶碗の中に一食分の白飯があった。電子レンジに入れ、温めているあいだに、電気ポットのスイッチも入れる。湯が沸く音に、藪下家のリビングをうっすらと思い浮かべていた。

電子レンジから温め終わった白飯を取り出し、即席の御茶漬の素をふりかけた。やがて沸いた湯を直接かけ、割り箸を割って啜りはじめる。

「ずいぶん、わびしい夕食だね」

顔を上げると、寝室に使っている奥の部屋から、制服姿のリサが現れた。

「来ていたのか」

「もちろん」

彼女は私の正面の椅子を引き、腰かけた。テーブルに両肘をつき、頬を支えるポーズで、私の顔をじっと覗き込む。

「ずいぶん間抜けな家庭訪問だった。……そんな顔をしてる」

「そんなことは」

「話してみたら？　今日の家庭訪問のこと」

彼女の言葉には、強制力がある。私はためらったが、結局割り箸を置き、今日の藪下家への家庭訪問のことを彼女に話した。私自身が確認しているようでもあった。

「ふーん」

私が話し終えると、リサはそれだけ言ってしばらく黙った。

「のんきにご飯なんか食べていて、いいの？」

「何だと？」

「気づいてるくせに。今ヤスがこうしているあいだにも、一人の子どもが、父親の手によって虐待されていることに」

どきりとした。

「博くんはやはり、女の子の心を持っていることを理由に、父親に虐げられているというのか」

　するとリサは、「あきれた」とため息をつき、首を振った。

「すべてを見てきて本当に気づいていないなんて。博くんもある意味虐待を受けているかもしれないけどさ」

　博くんも……？

「どういう意味だ」

「じゃあまず、二階の二つの子ども部屋から考えよう。小さい部屋と大きい部屋、二つあったよね。小さい部屋のほうは男の子っぽくも女の子っぽくもない、いわば中性の部屋。大きい部屋は、鏡台にソファーとファンシーなクッション、シルクっぽいカバーの布団に天蓋付きベッドの、かなり気合の入った女の子の部屋。お化粧品もたくさんそろっていたんでしょ？」

「何が問題なんだ？　小さい部屋は、友だちや家庭教師に変な風に思われないために中性的にしたんだ」

「それにしても、女の子の部屋のほうに気合が入りすぎだって言ってるの。つまり、こういう仮説は立てられないかな？　藪下丈二郎は、初めから、女の子が欲しかった」

　リサの打ち出した説に、私がずっと抱えていた胸騒ぎはさらに増幅させられるようだった。たしかに、女の子の部屋の調度品などはかなり高価だったように思える。

「博くんが、家で女の子らしくしているのは、本人の意志ではなく、父親に強制されているからだというのか」

「そうだよ」

「ありえない」

私の頭の中にあったのはもちろん、勉強に使っているあの部屋のアルバムで見た、博くんが子どものころの写真だった。

「博くんの生後一か月の写真に写っていたベビーベッドには、ロボットや車の模様が描かれたシーツが敷かれていた。これはどちらかといえば、男の子向けのものだ。もし藪下丈二郎が女の子が欲しかったのだとすれば、生まれたときから女の子用のシーツに寝かせるはずじゃないか」

「こうは考えられないかな？」

リサは人差し指を立てる。

「丈二郎も、博くんが生まれた時点では、別に博くんが男でもよかった」

「なんだそれは。後から気が変わったというのか？」

「まだわからないんだね。しかたない、大ヒントをあげよう。ヤス、藪下家を見つけたとき、そっちは玄関とは逆のほうで、ぐるりと庭の方向を迂回（うかい）して玄関へたどり着いた、って言ったよね。ということは、家の全容を見ているはず。家は上から見たら、どんな形だっただろう？」

「ほぼ真四角だろう」

　私は、藪下に会う直前のことを思い出して答えた。

「じゃあ実際、中はどうだった？　リビングの扉を入って、正面には庭、右手はすぐ、飾り暖炉のある壁だったよね。トイレに行くとき、廊下の突きあたりに向かって左手にはドアはなかった。おかしいと思わない？」

　たしかにそうだ。上から見たら真四角な家なのだから、飾り暖炉の壁とドアのない廊下の壁を二辺とする四角形の空間がもう一つなければおかしい。しかし……その部屋に入ることのできるドアは見当たらなかった。

「外から入るのか？　しかしそれにしてもいったい、何の空間だ？」

「博くんはお菓子作りに興味があるって話だったよね？」

　リサはがらりと話題を変える。

「でもそのお菓子、どこで作るんだろう？」

「……なんだって？」

「電気ポットに水を足すのにも、わざわざ洗面所に足を運ばなきゃいけないような家なのに」

　頭から血がなくなったような感覚に陥った。あの家には、キッチンがない。一階にはリビングの他は洗面所と浴室、トイレ、それに書斎しかないのだ。まさか二階の、開けていない部屋がキッチンということもないだろう。

「飾り暖炉の壁をわざわざ築いて、キッチンを封鎖したというのか？」

「正確には、飾り暖炉の、薪をくべる部分が出入口になっていると思うけどね」

「なぜ、そんなことをする必要がある？」

「女の子らしく、おしとやかになるまで、閉じ込めておくことにしたんだよ。女の子らしく、料理のレパートリーを増やすために、キッチンごとね。女らしくお化粧を勉強して、女らしくお洋服を選んで。女の子らしく、女の子らしく、女の子らしくね」

女の子らしく、女の子らしくと、リサは呪文のように何度も口にした。頭がどうにかなってしまいそうだった。そのとき、私の鼻先を、あの音がかすめていった。

羽音。黒い塊。

蝿だ。

あの蝿は、飾り暖炉に向かっていった後、別の方向へ飛んでいったのだと思っていた。

違う。火をくべる炉を模した壁の隙間から、向こうへ入っていったのだ。

「うっ……」

突如、私を吐き気が襲った。大して食べてもいない茶漬の、十倍もの胃液が逆流するようだった。私は流しに口の中の物を吐き出すと、テーブルの上のスマートフォンを取り、電話帳をタップした。スクロールし、かけることがあるだろうかと思っていた名前を迷いなく選択する。コール音をもどかしく聞いている私に、リサは外国のニュースでも見るような冷めた目を向けていた。

〈もしもし？〉

　驚きのこもった声だった。

「児相の栗本さんですか。以前お会いした《ＳＣエデュケーション》の原田です」

〈ええ、覚えていますよ。どうしたのですか？〉

「子どもを虐待している可能性のある家庭の報告です」

〈それは……、その、おたくの〉

「ええ。うちの顧客であり、そして、栗本さんの知り合いでもあります。スクールカウンセラーの藪下丈二郎さんをご存知ですよね」

〈もちろん、知っていますが、藪下先生のご担当の学校のケースでしょうか〉

「いいえ。藪下さんご本人のことです」

　私の言葉の意味を、相手が理解する時間がすぎた。

〈まさか……藪下先生がお子さんを虐待しているとでもいうのですか〉

　勘違いしているとしたらとんでもないことだと、この段になって怯んだ。しかし、ここで尻込みするわけにはいかない。一人の子どもが危険にさらされているかもしれないのだから。間違いだったらそれでいいのだ。知り合いの女子高生にそそのかされて、とんでもない思い違いをした家庭教師派遣業者が一人いただけという話のほうが、よっぽど清々(すがすが)しい。

「栗本さん、藪下先生の家庭については詳しいですか？」

〈いえ、プライベートで付き合いがあるわけではないですし、そもそもここ二、三年はご本人にも会っていない〉

「では、調べてほしいことがあります」

6

翌日の夕方、私は児童相談所が用意したバンの中で待ち伏せをしていた。運転席にいる坊主頭の男は、児童相談所の栗本だ。私より二つ年下のはずだが、ずいぶん老けて見える。私はそのすぐ後ろの席に座っている。バンには他に、沢木(さわき)と黒瀬(くろせ)という名の、栗本の同僚の男性が同乗している。二人ともラグビー選手のようにがっちりとした体格だ。膝の上にスポーツバッグを抱えている沢木が、最も年下らしい。

バンは、藪下の家から三十メートルほどの位置に停めてある。フロントガラス以外にはスモークフィルムを貼ってあり、外から見れば怪しいかもしれないが、中が覗かれることはない。待ち伏せは四時半から始まっていた。そのときから二階の窓の明かりはついているので、博はずっと家の中にいるようだった。

沼尻室長には、栗本から事情を説明してもらっていた。昨日突然私に休みを勧めてきたことは今でも引っかかっているが、今はそんなことはどうでもよかった。ただ、藪下が仕事から戻るのを待つだけだ。

「あっ」

栗本が声を上げた。灰色のロングコートを着た藪下が角から歩いてくるのが見えた。帰りがけに買い物をしてきたのか、手には膨らんだレジ袋を持っている。彼はバンのことなど気にする様子もなく、家へ入っていく。しばらく時間を置いてから、栗本が私たちのほうを振り返った。

「行きますか」

無言でうなずき、バンを出る。

インターホンを押すと、

〈はい〉

昨日と同じような声で藪下が出た。

「《家庭教師のシーザー》の原田です」

〈おや、どうしましたか〉

「少し、お話を」

藪下の怪訝(けげん)そうな表情が、沈黙から伝わってきた。

〈少々、お待ちください〉

玄関を開けて、彼は顔を覗かせた。私の背後に栗本たちの姿を認め、一筋の敵意のようなものがその顔にあらわれた。

「お久しぶりです、藪下先生」

栗本が、つとめて冷静に言った。

「少々うかがいたいことがございまして、原田先生と共に参りました」

「こういうときは、事前に連絡が来るものと思っていたが」

こういうとき、というのが何を意味しているのか。藪下の落ち着いた口調がかえって恐ろしい気がした。

「急なことでしたので。上がらせていただいてもよろしいでしょうか」

藪下は目を見開いたが、栗本の背後に仁王像のごとく控える二人の青年を見て、「どうぞ」と言った。

玄関から見た廊下の光景は、昨日と何も変わらなかったが、リビングへ通じるもの以外にドアのない左側の壁は、今や、暗く私にのしかかってくるようだった。

私たちはリビングに通され、身を寄せ合いながら四人が横並びに座った。四人と対峙(たいじ)

する形で腰かけた藪下は膝の上で手を組み、微笑みをたたえている。

「いったい、おそろいでどうしたことでしょうか？」

　栗本はカバンからクリアファイルを取り出し、藪下の前に差し出す。

「原田先生から頼まれまして、藪下先生の住民票を調べさせていただきました。これによると、この住所には、先生の他にお子さんが二人、住んでいるようですね」

　藪下は住民票を一瞥すると、ふふ、と笑った。

「長女の恵美は、妻が引き取ったのですよ。面倒なので住民票はそのままにしてあるのです」

「そんな言い訳が通用するとお思いですか」

　栗本の口調は厳しくなる。

「離婚された奥様には電話で確認済みです。子どもは二人とも、先生が引き取ったと。離婚されたのは七年前、ちょうど、恵美さんが幼稚園を卒園したころだそうですね」

　藪下は何も答えず、それでも微笑みを崩さない。

「学区の小学校・中学校に問い合わせてみると、藪下先生の娘さんのことは把握していませんでした。こういったケースが全国各地で起こっていることは知っていましたが、まさかこんな身近で起きているとは……」

　栗本は悲しそうな目をしたが、気丈さを取り戻し、藪下の顔を睨みつける。

「長女の恵美さんはどこにいますか？」

「別れた妻が引き取っています」

まるでロボットのように、藪下は同じことを言った。栗本は、スポーツバッグを持った沢木に目配せをした。沢木はスポーツバッグを開け、バールを取り出した。藪下が目を吊り上げながら立ち上がる。黒瀬が制するように立ちはだかった。

「失礼します」

沢木は機敏な動きで飾り暖炉へ飛んでいき、わずかな隙間にバールを差し込む。

「何をしているんだ、やめなさい！」

喚く藪下を、栗本と黒瀬が必死に止める。私は沢木に近づき、バールに力を込めるのを手伝った。鍵がかかっているらしいが、この、薪をくべる部分が扉になっているのは明らかだった。沢木が力を込めるにつれ、上に載っているぬいぐるみが落ちてくる。

やがて木の割れる音と共に、その扉は開いた。もわりとした闇が広がっていた。その正体は、臭気だった。そして、聞こえてくる、無数の羽音――。

私は、鬼子母神で出会った少女を思い出していた。服はところどころシミができ、頭髪には何かがこびりつき、ただれたように汚れた皮膚のあの少女も、こんな臭気を発していたのだ。

「誰か、いるのかっ？」

スポーツバッグの中から取り出した大型の懐中電灯を携え、沢木は果敢にもその闇の中へ突入していく。

「栗本さん。女の子がいます！」

中から沢木の声が聞こえた。

「無事か？」

「はい。名前も言えました。藪下恵美さんです」

栗本と黒瀬に両脇を押さえられた彼女の父親は、もう抵抗する気はないようだった。初めて私に会ったときと同じく、捉えどころのない微笑みを浮かべている。

「先生、鍵はどこです？」

栗本が詰問すると、藪下は微笑んだままその顔を二、三秒見た後で、「首」とだけ言った。栗本は藪下の首元に手を突っ込み、ネックレスを引き出す。チェーンについていた鍵を取り外し、私のほうへ投げた。私はそれを受け取り、暖炉の向こうの沢木に手渡す。

「藪下先生、奥様からすべて聞いています」

栗本が、藪下に言った。

「女の子が欲しかったあなたは、恵美さんをものすごく可愛がった。ところが幼稚園に通いはじめたころから、恵美さんは、ロボットや怪獣や電車など、男の子が欲しがるようなものに興味を持ちはじめた。髪も短くしたがり、ついに同じクラスの女の子が好きだと言い出した」

わが娘の心が完全に男の子だと知った藪下は、それを受け入れることができず、娘に女の子らしくするように強要した。お前の教育が悪かったのだと妻をなじり、それが原因で妻は離婚を決意し、夫と子ども二人を捨てる形で出ていった。

「残されたあなたの心はすっかり歪(ゆが)んでしまったのですね。こんな壁まで作り、女の子らしく料理ができるようになるまで出さないと、キッチンごと閉じ込めた。そして、二つ下の弟の博くんには、女の子らしくすることを強要したのでしょう」

栗本の告発は、わかっているはずの私の心を苦しめた。ところが当の藪下は微笑みをまったく崩さない。沢木が、暖炉から出てきた。

「鍵は外れましたが、本人は出たくないと……。心のケアが必要なようです」

「藪下先生、お子さん二人は私たちのほうで保護させていただきます。あなたは私たちと一緒に来てください」

「連れて行かないで!」

絹を裂くような叫び声に、誰もが振り返った。廊下から、少女が一人、こちらを覗いていた。

あまりにも綺麗な顔立ちだったので、少女だと勘違いしてしまったのだ。白いブラウスにスカートという姿だが、少年だった。栗色の髪は、日比野の言っていたようにかつらだろう。

「お父さんを連れて行かないで。僕が……私が……女の子らしくなかっただけなんだ」

少年の目から涙があふれ出ていた。彼は、女の心を持っているかのように振る舞うことを強要した父親を庇おうとしているのだった。

「連れて行かないで……」

泣きながら、彼は咳き込んだ。それを、父親はせせら笑った。

「他人の子どもならいくらでもうまく転がせるのに、自分の子どもだと、うまくいかないもんだね」

すでに、人の心などないようだった。怒りが体の底からこみ上げてきた。

栗本は藪下を促し、玄関のほうへ連れ出す。泣きじゃくる息子を、黒瀬が止める。私は思わず目を伏せ、直後、床からも目をそらした。

――それがあったからだった。

「おや！　おや！」

突然、悪魔のような声が聞こえた。栗本も黒瀬も沢木も、博少年もびっくりして、声の主を凝視している。私だけが、反射的に自分に向けられたものだと気づいていた。

「それでしたか、原田先生！」

自分が告発されているときには終始穏やかな笑みを浮かべていた藪下が、目を夜の猫のように丸くし、口を横に開き、これ以上楽しいことはないというような悪魔の笑みを浮かべていた。

「私はあなたに会ったときから、いえ、あなたのインタビュー記事を読んだときから気づいていましたよ原田先生！　あなたは過去に闇を抱えている。それも、虐待に関する闇をね！」

私の意識は、大学四年生のときの下宿の部屋にあった。怒号と、女の子の悲鳴。窓の隙間から向かいの家を覗く私がいる――。

「昨日、先生は暖炉の上を見るとすぐに目をそらした。やがて、暖炉のほうを意識的に見なくなった。避けようとしながら気になってしかたない。そういうものが、暖炉の上のぬいぐるみの中にあるんじゃないかなと思っていました。へへ……先生、栗本さんまで引っ張り出してもう一度ここへ来たのも、本当は私を捕まえたかったんじゃなくて、それが見たかったからじゃないんですか？」

女の子の悲鳴。男の怒号。暗い窓――。

「その、雪だるまのぬいぐるみを」

紺色のシルクハットに黄色いマフラー、尖(とが)りすぎたニンジンの鼻に、真っ赤な二つの目。灰色と呼ぶに近いまでに汚れた生地。飾り暖炉の上のぬいぐるみの中にあって、私が目をそらし続けていたのは、あの家の暗い窓辺に置いてあった、手作りの雪だるまのぬいぐるみだった。

私の意識は、藪下家のリビングに戻る。床に転がっているのは、やはり私の下宿の向かいの家の窓辺に置いてあったぬいぐるみだった。夢ではなかった。明らかに手作りのこのぬいぐるみが、なぜここにあるのだろう。

栗本たちは驚いて、私と藪下を見比べている。私を捉えて離さない、藪下丈二郎の目。その藪下の後ろからひょっこり、制服姿の女子高生が顔を覗かせる。

「ヤス。この先生、なかなかやるね」

リサは、辛(つら)そうな顔を見せず、むしろいつにもまして楽しそうだった。

「ほじくりだしちゃったじゃん。私たちの、真実」

――やめて！

暗い窓から、私の下宿の窓を見上げた少女の目。私と目が合った、あの少女。怒号の主に、すぐに家の中へ引き戻されていく。

――逃げるんじゃねえ、リサ！

そしてまた、彼女を殴打する音が聞こえてくる――。

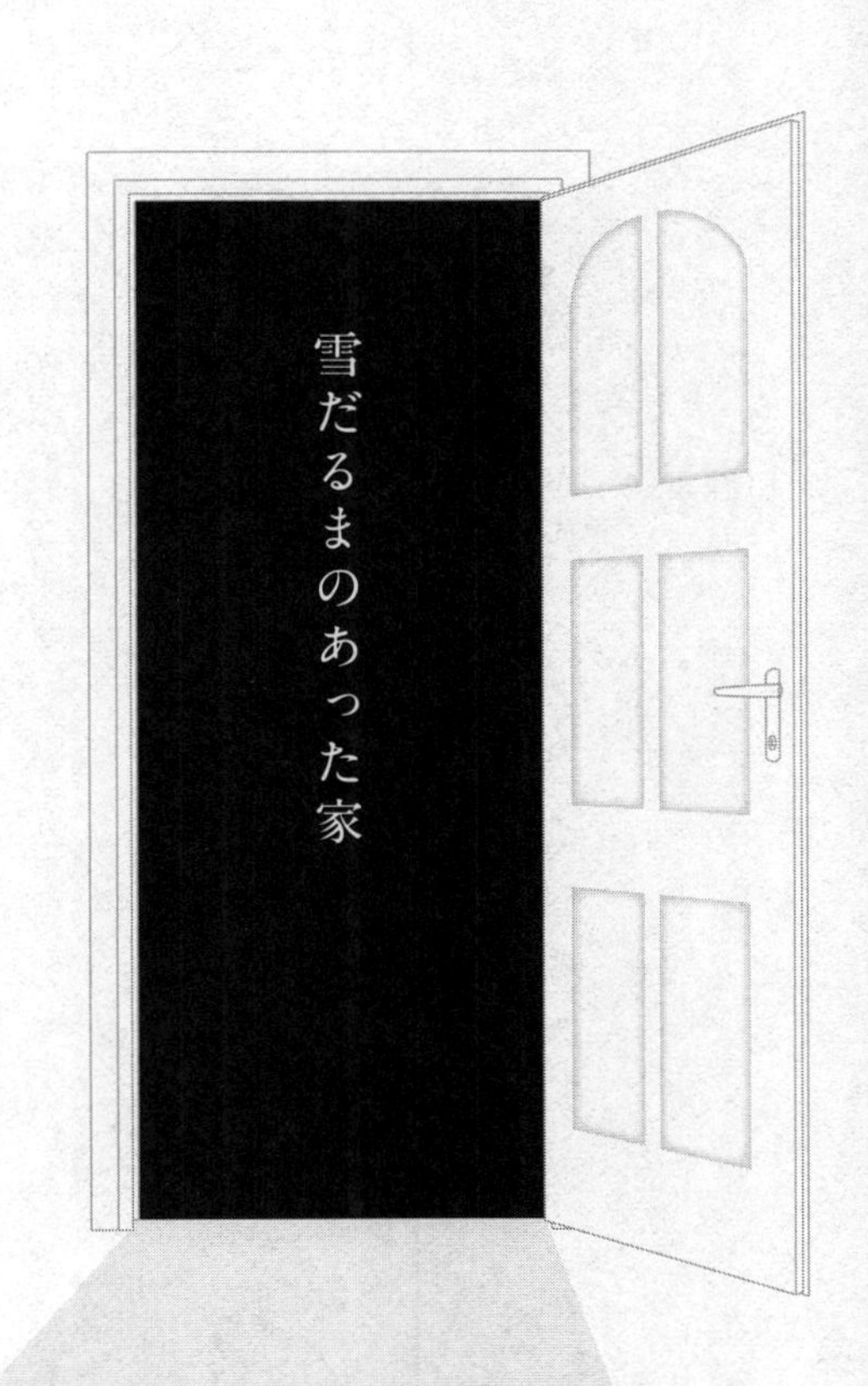
雪だるまのあった家

1

水曜日なら午後五時から八時の間、土曜日なら午後二時から四時の間ならば時間が取れるので、都合のいい時間を教えてください。面談に来る際には今指導に使用しているテキストを忘れないように——。

そこまで書いたところで、私ははっとしてキーボードから手を離した。

《家庭教師のシーザー》池袋教室の、自分のデスクだった。周囲の職員も皆、忙しそうに電話対応や書類作成をしている。壁の時計は午後七時四十分を指している。藪下丈二郎を自宅で取り押さえてから一時間余りが経過していた。

なぜ、ここにいるのだろう？

——おや！　おや！

藪下の声が耳によみがえる。

——それでしたか、原田先生！

灰色に近い白い生地。紺色のシルクハットに黄色いマフラー。尖りすぎたニンジンの鼻に、真っ赤な二つの目。暖炉の上から転げ落ちた雪だるまの人形が、私を見ていた。素人目に見ても、手作りのぬいぐるみに違いなかった。寒い冬の日に窓の隙間から覗き見た、向かいの家の窓際に置いてあったそれが、十年を経て私の目の前に現れたのだ。

なぜ、藪下の家にあるのか。けたたましい藪下の笑い声に、めまいと吐き気が襲った。藪下はあの家に関係があるというのか。しかし、子どもの年齢が合わない……。私はいつしか藪下の家のソファーに倒れていた。児相の栗本や黒瀬が声をかけてきたような気もするが、しっちゃかめっちゃかに手を振り回した。

その後、どうしたのかまったく覚えていない。気づいたらこのデスクに座り、キーボードを叩いていたのだ。

改めてパソコンの画面を見る。「菱倉あかり」。メールを送信しようとしていた相手の名は知っていた。今年三年目になる大学生の登録講師だ。

指導中の生徒(中学三年生)の成績が伸びず、テキストが合わないのではないかと思います。また、その生徒が友だちとのつきあいと勉強の両立がうまくいかず悩んでおり、どう答えてあげたらいいのかがわかりません。以上のことについて相談したいので、面談をお願いします。来週の水曜日か土曜日を希望します。――受信内容にはそうあった。キーボードの近くに、卓上カレンダーが引き寄せてある。いつもの通りスケジュール帳で予定を確認し、返事を打っていたらしい。このビルに入ってくるときの記憶、いや、藪下の家から帰ってきた記憶もなかった。壊される暖炉。少女の格好をした少年。壊れたように笑う藪下。あの家で起こったすべてのことが夢だったような気すらしていた。

「原田主任」

声をかけてきた人物のほうへ顔を向ける。清遠初美だった。

「室長が、お話があるそうです」

沼尻室長のデスクへ目を移すが、誰もいない。

「〈面談室1〉でお待ちです」

「面談室？」

「他の人に聞かれないようにとのことです」

清遠は声を潜めた。

「私も一緒に行きますから」

どういうことなのかわからなかったが、私は菱倉あかりへのメールを送信し、清遠について〈面談室1〉へと入った。いつも私が座るほうに沼尻室長が座っており、私は講師が座る椅子を勧められた。清遠は私の隣に座った。

「今日は、家庭訪問、お疲れ様でした。なかなか特殊なケースだったみたいだね」

形ばかりのねぎらいの言葉をかけると室長は、「ところで」と表情を変えた。

「さっき、児相の栗本さんから電話があったよ」

答えるべき言葉を探したが、見つからなかった。藪下の高笑いが耳元で聞こえた。

「藪下家で自分が何をしたか、覚えている？」

机の上のメモ帳に目を落とす室長。私は目を伏せた。

「……いえ」

「栗本さんが言ったことをそのまま読むよ。——ふらりとソファーに沈み込み、一点を見つめながらしばらくぶつぶつ何かを言っていた」

心配して顔を覗き込む栗本と黒瀬をものすごい力で押しのけると、「タクシーで帰ります」と言い残し、玄関から出ていった——室長はそう続けた。栗本たちは立場上、子どもを保護し、藪下を連れて行かなければならなかったので、一時的に私のことを放っておかざるを得なかったが、あまりにただならぬ様子だったので落ち着いてから連絡を入れてきたというのだ。

「原田主任、やっぱり休んだほうがいいんじゃないのか」

凍てつくような沈黙のあと、沼尻室長は私の顔を覗き込んだ。

「はっきり言おう。主任は今、正常ではない精神状態にある。誰が見ても明らかだ」

「正常ではない……」

「清遠さんが、見たっていうんだよ」

隣の清遠に顔を向ける。彼女は私から目を背けようとしているかのように、机の縁に視線を落としていたが、沼尻室長に促されると顔を上げ、話しはじめた。

「主任が、藤野貞晴くんのお宅に家庭訪問に行かれた日のことです」

あの家の、「祖母が三人いる」という特殊な状況に隠されたやるせない事情については、このオフィスに帰って来てから清遠にも話していた。清遠もその事情にショックを受けて仕事が終わっても気が晴れず、少し私と話をしたいと思ったが、彼女が仕事を終えた時刻、私はすでに帰宅していた。

家庭教師派遣センターは、顧客の個人情報の取り扱いには細心の注意を払っており、生徒の住所や電話番号が記されたファイルは鍵付きの戸棚に厳重に保管されている。その戸棚には、職員の名簿も収められていて、外に持ち出すことは禁じられているが、その場で見ることは職員なら誰にでもできる。

電話で話すとすぐに切られるかもしれないと考え、清遠は私のアパートの前までタクシーでやってきて、到着する直前に私にスマートフォンでメッセージを送った。返事がないのでどうしようかと悩み、一度アパートから離れようと歩きはじめたところ、突如ドアが開いて私が飛び出してきたというのだった。「ちょっと、待て」。私は怒鳴り声に近い大きさでそう言い放ち、まるで誰かを追いかけるかのように階段を駆け下りはじめ、大きな音を立てて転がり落ちた。清遠は慌てて私に走り寄って、「大丈夫ですか」と声をかけたのだ。

「主任、あのとき、お尻を押さえながら『リサはどこだ』って言ってましたよね」

清遠は沼尻室長のほうを気にしながらも、私に訊ねた。

「その後、お部屋にお連れしてからも、『恥ずかしいところを見せて、すまない。あの子はたまに、とんでもなくおてんばなところがあるんだ』って」

私に向けられた声は震えていた。

「私、なんと答えていいのかわからなくて……。だって主任、一人だったから。誰も追いかけてなんかいませんでした。それで、すぐに帰ってしまったんです。帰りのタクシーの中でも、主任の言動について考えていたんですけど、私の聞き間違いかもしれないって思い直しました。それで次の日、改めて訊いてみたんですよ。『昨日の夜、誰かを追いかけてらっしゃいましたよね？』って」

私はそのときの、清遠の顔を思い出していた。

「主任は、答えました。『親せきの子どもだよ』って。ああ、やっぱり主任、私に見えない誰かを見ていたんだって、そのときはっきりわかったんです」

黙ってしまった清遠に代わり、沼尻室長が口を開く。

「清遠さんに相談を受けてね。だからそれとなく休んでみたらと言ったんだけど、聞かないんだもんなあ」

へっ、へっ、と、まったく面白くなさそうな笑い声を沼尻室長は立てた。

「とにかく主任、児相の栗本さんの話を総合しても、このまま働かせるわけにはいかない。上には報告させてもらいます」

反対などできるわけがなかった。私はすでに、リサという存在が——私自身が、信じられなくなっていた。

「すみません。ご迷惑をおかけしました」

「そんな神妙な顔をしないで。まずはその、原因を探らなければね。ほら、主任も知っているでしょう。うちの会社御用達の、カウンセラーもいる病院。たしかあれ、会社の負担で通わせてもらえるんだよね。心療内科だか精神科だか、どっちかよくわからないけれど」

心療内科や精神科などという言葉が、自分の人生に関わるなど思ってもみなかった。

「仕事のほうは心配しなくていいから。今日ももう、これで、終わりにしていいよ。引き継ぎなんかも、メールで対応できるでしょう」

沼尻室長は立ち上がり、私の肩に一度手を置くと、ドアを開けて出ていった。

その後も、私は座ったままだった。リサという存在は何なのか。そして、なぜ藪下の家にあの雪だるまがあったのか。頭の中がかき乱されるようだった。私の隣には清遠がまだ座っている。心配そうにしているのは、見なくてもわかった。

「主任、行きましょう」

一分か二分ほど後、清遠は言った。

「お送りします」

「……ああ」

デスクに戻り、荷物をまとめ、パソコンの電源を落とす。清遠はエレベーターの前で待っていた。

「主任の仕事、私にいくつか回ってくると思いますが、それ、いちいち相談しますから」

エレベーターに乗り込むと同時に、清遠は言った。ドアが閉まり、エレベーターは下がりはじめる。

「だから主任も、何かあったら、私に相談してくださいね」

「……ああ」

「主任のこと治せるの、私しかいないと、勝手に思っています」

清遠は私の顔を見つめていた。何かしらの強い意志を感じた。

「それから主任、私、忘れてませんよ」

「何をだ」

「新大久保の、韓国料理」

あどけない顔に浮かべられた微笑(ほほえ)みが、今の私にとっての唯一の救いのように思えた。

2

——私の声が、聞こえますか
穏やかなトーンの、中年男性の声だ。名前は思い出せないが、私は彼のことを知っていた。ぼんやりとした信頼感に、私は包まれていた。
「はい、聞こえます」
——あなたのお名前を教えてください
「原田保典です」
——原田さん。今、おいくつでしょうか
「二十二歳です」
——大学生ですね
「そうです。四年生になります」
——四年生。いいですよ
何が「いいですよ」なのかはわからないが、褒められているような、気分がいい感覚になる。

——今、ご自分がどこにいるか、わかりますか

六畳より少し狭いくらいのフローリングのワンルームだった。床に敷かれた黄緑色のマットの上に座り、足をこたつに入れているのだった。こたつの上や、周囲には乱雑に本が散らばっている。

「自分の部屋です」

——ご自分のお部屋。ご家族と同居されているわけではないですよね

「はい。一人暮らしの下宿です」

——住んでどれくらいになりますか

「もう、三年目になります」

——わかりました。お部屋に他に誰かいますか

「いいえ」

——では目の前に、何が見えますか

「こたつです」

——こたつの上には何がありますか

「ノートパソコンと、本が何冊か」

——本。何の本でしょう

「資料です。卒業論文を書かなければなりませんから」

——はあ、なるほど。いいですよ。今、気温はどんな感じでしょう。暑いとか、寒いとか

「寒いです。卒業論文の時期ですから」

——ああ、そうでした

ここで相手は、少し黙った。不安が訪れ、細胞分裂のように増えていく。彼の声が聞こえない不安。卒業論文を早く書き上げなければならない不安。そしてそれら以上に大きな、得体のしれない不安。

——お部屋に、時計はありますか

再び聞こえてきた彼の声に誘われるように、私は顔を右にやる。壁掛け時計があった。

「あります」

——何時を指していますか

「三時少し前です」

——午前ですか、午後ですか

「午後です。明るいですから」

——明るい。いいですよ。ということは、窓がありますね

窓は、私の座っている位置から見て、こたつを挟んだ正面にあった。手入れもしていないカーテンがだらりと下がっている。

「はい」

――外に何か見えますか

「すりガラスになっていて、見えません」

――そうですか。窓に近づいてみましょうか

一瞬、私を恐ろしいことへ誘うような提案に聞こえた。だが私はその声の主を信用していた。こたつを出て窓へ向かう。

「はい。窓のそばまで来ました」

――いいですよ、原田さん。何か、聞こえますか

耳を澄ませる。無音だった。

「いいえ」

――窓を開けてみましょうか

「……はい」

おそるおそる、窓に手を伸ばし、開けてみる。二階の高さだった。

「開けました」

――何か、見えますか

「家があります」

転落防止の柵の向こうに細い路地があった。向かいに立つのは、古い二階建ての民家。

くすんだような色の古いブロック塀にはところどころ苔（こけ）がむしている。
――その家に、誰かいますか
「わかりません」
――お家（うち）の窓は、開いていますか
おい、お前！
瞬間、私の耳に男の怒号が響いてきた。
なに、やってんだ！　耳ついてんのか！
私はとっさに耳を塞いだ。彼が告げるまで窓があることすら気づかなかったが、向かいの家の一階の窓は開いていた。そしてその窓辺には……
――どうかしましたか、原田さん
「怒鳴り声が聞こえます」
――怒鳴り声。誰のでしょうか
「大人の、男の」
てめえ！　聞いてんのか！
やめてっ！　……やめてください。ごめんなさい！
――知っている人ですか
「ああ……」

──どうしたのですか

「少女の声です。怯えています」

──その少女の顔は見えますか

少女の顔は見えなかった。その代わり、暗い窓辺に置いてあるぬいぐるみの視線が、私を刺していた。灰色に近い白い生地。紺色のシルクハットと黄色いマフラー。尖りすぎたニンジンの鼻に、真っ赤な二つの目。どうしようもなく暗い、沼のように淀んだ、窓の奥。

もう、やめてっ！

「いいえ」

と私が答えた瞬間、その窓の向こうに、少女が顔を出した。上半身は裸で、あざだらけだった。山を転げ落ちてきたかのように全身はよごれ、髪は乱れている。歯を食いしばり、目に涙をため──、その目が、私の目と合った。

「助けなければ……」

つぶやきながら、体は震えていた。

「助けなければ」

口はそう言うが、体は動かない。

おいリサ！　そっちに行くんじゃねえ！

耳のすぐそばで男の怒号が聞こえ、私はびくりと身を震わせる。少女は私を見据えたまま、部屋の奥に引きずり込まれていった。言い知れぬ吐き気とめまい。私はいつしか、壁に背を預け、膝を抱えていた。

私の耳元では、少女が殴打される音が響いていた。自分が叩かれるよりもずっと辛(つら)かった。

リサ、お前はとんでもねえやつだ！

ゆるして。ゆるして……ください

叫びながら、私は顔を上げる。

「ああっ！」

「……あれ」

そこはもう、ワンルームの下宿の部屋ではなかった。

屋外で、夜だった。男の怒号も少女の声も聞こえない。周囲には、帰宅途中のサラリーマンや学生がいて、私は彼らと同じスピードで、自動改札を抜けるところだった。

――原田さん？　どうしましたか

「駅です」

――駅。どこの駅ですか

「ええと……」

私は立ち止まる。目の前に、居酒屋と英会話スクールの入っているビルがある。

「ああ、あそこだ」

——どこです

私の住んでいる最寄りの駅ではないが、よく来る駅だった。しかし、駅名は思い出せないし、何の用があって通っているのかも思い出せない。仕事ではないが、妙な義務感と徒労感が胸の中を回っている。

「雨上がりです」

駅の名を答える代わりに、私は目の前の状況を言った。路面のアスファルトが濡れている。周囲の人びとも、傘を携えていた。

私は、用があると認識している方向へ歩き出す。線路沿いを少し行くと、人通りも少ない。コンクリートと民家に挟まれたスペースに、自転車置き場がある。

おい、何とか言ってみたらどうなんだよう！

その声は、自転車置き場からしていた。足を止めるわけにもいかず、私は自転車置き場の脇を通りながら、そちらのほうに目をやる。二、三台の自転車が倒れている脇で喚いているのは、ニット帽をかぶり、折れ曲がったビニール傘を持った、紺色のブルゾン姿の男性だった。四十代半ばといったところだろうか。ふらついていてかなり酔っているようだった。彼が怒鳴っている相手は、制服姿の女子高生だ。すみませんすみませんとしきりに謝っている。

すみませんで済むかよう。ああ、ああ、どうすんだ、これっ！

倒れている自転車の一台が、男のものらしかった。その籠からスーパーのレジ袋が落ち、中身がそこらに散乱しているのだった。何が起こったのか、大方のことは想像できた。

すみませんじゃ、ねえんだよう

ブルゾン男はビニール傘を振り上げ、女子高生の頭めがけて振り下ろした。

きゃっ！

彼女は右手でそれを受け止めたが、よろめいて、別の自転車を倒してしまう。

この、馬鹿女、どういう教育を受けてんだ

「待て！」

私は声を上げ、なおも彼女に傘を振り下ろし続けようとする男に向かっていった。男は私に気づいて怯(ひる)んだが、すぐにこちらに向きなおり、振り上げた傘を突き出してきた。私はカバンで身を守りつつ、男の腕を取る。力があまり強くないことはその瞬間にわかったし、ましてや相手は酔っている。獣のように唸(うな)りながら身をよじらせ続ける彼は、私の手から抜け出せなかった。この女が、この女がと言いながら、その後は言葉になっていない。

「乱暴すぎるんじゃないですか」

わかった、わかったから離せっ！

私が手を離すと、男は私から逃げ出すように離れ、五メートルほどの位置で振り返って唾を吐きかけた。唾は男の荷物らしいレジ袋にかかった。男は自転車も荷物もそのままに、ふらつきながら走り去っていった。

ありがとうございました……

しばらくして、背後から礼を言われた。振り返ると、難癖をつけられていた女子高生だった。両肩を抱くようにして、怯え切った表情で私を見ている。

「いや、いいんだ」

そう答える私の胸にわきあがってきたのは、ブルゾン男を追い払えたという安堵感でも、彼女を助けることができたという満足感でもなく——、大学四年生の冬の日、あの窓辺の雪だるまを見たアパートの部屋に置いてきた罪悪感だった。

＊

「……さん？　原田さん？」

まぶたを開けると同時に、消毒薬のような匂いが鼻をくすぐる。私は革張りの、高級ホテルのロビーにあるようなソファーに沈み込むように腰かけていた。白い陶製の花瓶が置かれたガラスのテーブルの向こうで微笑んでいるのは、白衣の男性――小淵沢（こぶちざわ）医師だった。

「目が覚めたようですね」

「あ、ああ……」

私がそれだけ答えると、彼は白衣の下に着ているワイシャツの胸ポケットから取り出した携帯電話のボタンを押し、耳に当てた。私は周りを見回す。床も壁も白く、広い部屋だった。私たちが座っているソファーセットはその部屋のちょうど中央にある。他に部屋の中にあるものと言えば、小淵沢医師の背後の壁に据え付けられている棚と、そのすぐ隣に置いてある机だけだった。共に木製で、壁に合わせて真っ白だ。棚のほうには木製の車と飛行機、カラーボールなど、子どものおもちゃがぽつりぽつりと置かれている。机の上には何もない。

私から見て右手は大きな窓になっており、その向こうは竹垣に囲われた小ぢんまりとした日本庭園になっていた。白い玉砂利に苔むした岩、灯籠に、何十本もの竹。なんということはないが、見ていると気分は落ち着いてくる。

「原田さん、目を覚まされたから」

小淵沢医師は電話の向こうの相手に言うと、携帯電話を切って胸ポケットに戻し、再び私に微笑みかける。

「ご気分はいかがですか?」

何分前か、あるいは一時間以上も前になるかわからないが、催眠療法を勧められて戸惑っていたら「すっきりしたとみなさんおっしゃいますよ」と言われた。だが私は、すっきりはしていなかった。

「なんかこう、胸がもやもやするようです」

「そうかもしれませんね」

小淵沢医師は、テーブルの上に広げられたノートを見た。

「いろんなことがわかりましたよ。原田さん。やはり、大学生のときに目撃した向かいの家の虐待の様子があなたの心に大きな傷を負わせているようです」

「はい」

「問診の際、『彼女を救えなかった罪悪感』というようにあなたは表現されていましたが、それだけではなく、小さな子どもに対して残虐な行為に及ぶ男性の声というものに、あなたは大きなショックを受けている可能性があります」

……そうだろうか。少しの自問のあと、やはり少女のことが一番大きいのではないかと考える。小淵沢医師は私の疑問をよそに、「ところで」と続けた。

「前半は私の問いにもお答えいただいていたのですが、後半、駅に着いたあたりからお答えいただけなくなりました。原田さんは完全に意識の中に入ってしまい、意識の中の相手と会話をされているようでした。誰かと揉めているようでしたが、思い出せる限りで構いませんので、お話しいただけますか」

「ああ……はい」

私は雨上がりの駅前のことから、自転車置き場での出来事までを話した。そして、話しているうちに、小淵沢医師の言う「意識の中」では見落としていたあることに気づいた。

「興味深い話ですね。それは、実際にあったことなのでしょうか」

「はい。忘れていましたが、少しずつ思い出してきました」

「いいですよ。いつぐらいのことでしょう」

「八年か、九年くらい前ではないかと思います」

「場所も、実在する駅と自転車置き場ですね」

「はい」

私ははっきりと、その駅の名を口にすることができた。小淵沢医師はボールペンで、その駅の名をノートに書き留める。

「そこに、何をしに行かれたのですか？」

「当時交際していた女性がその駅の近くに住んでいたので、会いに行ったのです」

ほう、と小渕沢医師は手を止めて私の顔を見る。

「その方とは、今は」

「交際していたのは半年ほどで、その後は会っていません」

そのとき私は、小渕沢医師の後ろに不審な動きがあるのを認めた。小渕沢医師は一瞬怪訝(けげん)な顔をした後、私の目線を追って背後を振り返った。

しばらくそうしていた後で、小渕沢医師はゆっくりと私のほうに視線を戻した。まるで仏教美術の研究家が仏像を見るような目で、私の顔をまじまじと見つめている。

「原田さん。ご自分でだいぶ思い出されてきているようですね」

彼は、私がさっき「あること」に気づいたのを悟ったようだった。私のほうは、まだ整理がついていなかった。というより、断片的なことがまだ思い出せないと言ったほうが正しいだろうか。

「ご自分でゆっくり思い出されたほうがいいでしょう。今日はこのくらいにして、次回、整理したことをお話しください。ただ、この質問にだけ、今、お答えいただけますか」

小渕沢医師はボールペンを置く。

「原田さんの目の前に現れる『リサ』という女性の外見は、あなたが自転車置き場で助けたその女子高生ですね？」

私は再び、壁際の白い机に目をやった。机に腰かけて足をぶらぶらさせ、棒付きの飴(あめ)

玉を口の中で転がしながらニヤニヤしているリサがいる。

「……はい」

その姿はまさしく、私が酔っ払いから助けた、あの女子高生に他ならなかった。

3

コーヒーを注ぎにきた女性従業員が、冷ややかな視線を投げてくる。無理もない。午後六時にこのファミリーレストランに入って、ドリアを注文してからもう四時間近くが経つ。コーヒーお代わり自由とはいえ、四人席を一人で四時間も占拠する男性客など、煙たがられて当然だ。

「ごゆっくりどうぞ」

コンクリートのように冷たく言うと、彼女は厨房へと戻っていく。相当暇な人間だと思われているのだろう。実際、仕事に行かなくなってからこの数日、私は暇を持て余していた。

目の前のノートに目を落とす。「思い出したことについて、何でもいいので書いてください」と小淵沢医師が渡してくれたものだった。これ以上思い出せるものだろうかと疑っていたが、ファミレスに入ってノートを開き、「雨上がりの道」という言葉を書いたときから、手が止まらなかった。まずは意識の中で見た光景をそのままなぞるように書いた。途中、ブルゾン男のレジ袋からアスファルトの上にこぼれていた箱が「コーンフレーク」だったことを書くと、そこからは堰(せき)を切ったように、意識の中でも見ることのできなかったことが次々と浮かび上がってきた。

「わざとじゃなくて」

男が走り去った後、制服の女子高生は、言い訳のように私に言ったのだ。

「私の自転車、奥のほうに入っちゃってたから、それで引っ張り出そうと思ったら、あの人のが倒れちゃって。私、謝って拾おうとしたらいきなり傘で殴られて……」

彼女は泣いていた。それまで抑えていた恐怖がわき出したようだった。一瞬ためらったが、私はその肩に手を置いた。

「大丈夫だ」

ブラウス生地は薄く、その下の素肌の体温が、震えと共に私の手に伝わってきた。彼女は私の胸に額をつけるようにして、しばらく泣いていた。困惑と、なんとかしてあげなければならないという気持ち、そしてそれ以上に、得体のしれないノイズのような不安が入り混じっていた。なぜ不安など感じるのだろうと考え、それから自分自身の気をそらしたくなった。そのときに目に入ってきたのが、男が置いていったコーンフレークだったのだ。

「コーンフレークなんか、酒のつまみになるんだろうか」

私が言うと、彼女は目を上げ、不思議そうに私の目線を追いかけた。コーンフレークは同じ種類ばかり四箱もあった。

「あんなに買っている」

また言うと、彼女は吹き出した。

「おつまみじゃないよ。朝食でしょ」

「あの酔っ払いが、朝食にコーンフレークを？」

「酔っ払いだって、朝はコーンフレーク食べるよ。おいしいもんね」

自分を殴った酔っ払いを擁護するような言い草が可笑しく、私も笑った。

私たちはそのあと、二人で彼女の自転車を引っ張り出し、倒れた自転車を直した。散乱したコーンフレークはレジ袋の中に戻し、ブルゾン男の自転車の籠に入れておいた。

私のほうから彼女を家に送ると言い出したのかまでは思い出せない。とにかく私たちは連れ立って歩きはじめた。自転車置き場から角を曲がってすぐの道は街灯がなく、とてつもなく暗かった。

「いつもは自転車のライトがあるからいいんだけどね」

彼女は、カバンからペンライトを二本取り出し、一本を私に渡した。なぜこんなものを持っているのか……濡れたアスファルトに弾かれる二つのペンライトの光を見ながらそう思ったことを、鮮明に覚えている。その道を歩き終えて街灯のある道に出てペンライトを返すころには、彼女はすでに私のことを「ヤス」と呼んでいたので、名前も教え合ったのだろうが、彼女のほうの名前は覚えていなかった。

彼女は明るく、まるで友だちのように私に話していた。部活の話や、クラスの男子の悪口、半年前に別れた彼氏の文句などだった。私はほとんど聞き役だった。数人に告白されたというような話も納得できる整った顔立ちだ。話も面白くないわけではない。ただ、また言い知れぬ不安のようなものが胸の中で回ってしかたなかった。

彼女の家は、静かな団地だった。自転車を停め、鍵を掛けると、「これ、お礼に」と彼女は私に棒付きの飴玉を差し出してきた。私はそれを受け取り、「ありがとう」と言った。

「ありがとうは、こっちだよー」

彼女はわざとおどけるような口調で言うと、私に軽く抱きついてきた。そしてすぐに離れ、「じゃあね」と言った。甘い香りとブラウス越しの体温、そして棘のような不安を残し、彼女は去った。

その背中を見送りながら私は、そのノイズのような、あるいは、棘のような感情の正体をつかんでいた。

——なぜ、リサという少女には、手を差し伸べられなかったのか。

制服の女子高生を送り届けながら、私はそう感じていたのだ。酔っ払いに殴られている女子高生は自然に助けられたのに、もっと弱い存在のはずの小学生の女の子がひどい目に遭っているのを、私はどうして見過ごしたのか。クラスの男子のことを楽しそうに話す彼女の隣で、私は罪悪感——いや、そう呼ぶのも身勝手すぎるような感情を抱いていた。それればかりではない。私ははっきりと思ったのだ。

——あのリサという少女も、こんなふうに楽しく笑える日がくるのだろうか。

私の隣には、毎日元気に学校に行き、恋人を作ったり、日が暮れるまで部活に精を出したりする、普通の日常を送っている女子高生が歩いている。家族の話を聞く限り、健全な両親のいる家庭ですごしてきたようだ。……雪だるまの置かれた窓の向こうに引きずり込まれていったあの少女は、こういう高校生活を送ることは、おそらく——

私は大きく息を吐き、コーヒーに手を伸ばす。

これなのだ、と、苦みを舌の上に転がしながら私は目を閉じる。

私が無意識のうちに封印しようとし、それゆえ心の裏側にべっとりと固まりついて離れない感情はこれなのだ。この感情、この経験が、リサという名の女子高生を生み出し、児童虐待に関わる件が私の周りに起こるときに現れてはつきまとっているのだ。

私は一生、リサにつきまとわれるだろう。拭い去ることのできない幻影。いや、私自身の中にある過去――。

「あれぇ、原田くん？」

目を開けた。私の席のすぐそばに、茶色いバッグを抱え、緑色のワンピースを着た女性が一人、立っていた。懐かしい顔だった。

「景子……」

「わあ、やっぱり原田くんだ。えー、久しぶり。池袋なんかで何してんの？」

かつて交際していたその相手は、遠慮なく私の向かいに座った。幻覚ではなさそうだった。

「今、池袋教室なんだ」

「まだやってるんだ。《家庭教師のシーザー》」

何が可笑しいのか、彼女は笑った。さっきの従業員がやってきて注文を取る。彼女はコーヒーを頼んだ。

「あれ、ひょっとして待ち合わせだった？」

従業員が去ってから、彼女は訊いた。

「ああ」

答えながら、こうやって事情を聞かずにまず自分の行動を起こす女だったと思い出していた。不快感はなかった。懐かしさもあったし、昔彼女の家に行く途中にあった出来事を思い起こしていた直後に偶然出会ったことに、妙な符合を感じていた。

「待ち合わせの相手って、今の彼女……あ、それとも奥さんかな」

「どちらでもない。仕事の同僚だ」

「ああ、そう。じゃあ、一杯だけ飲んだら、別のところに移動するから。まあ、私のほうも待ち合わせだけど、早く来すぎちゃったから」

暇つぶしのために、ずいぶん前に交際していた男と話をしようというのは、私にはない発想だ。性格が違うのだから続かなかったのは当たり前だったのだろう。

「ねえ、ところで私、今、こういうことをやってるの」

彼女はカバンから、カラー刷りの分厚いカタログを取り出した。開くと、椅子の写真がいくつも並んでいる。海外のデザイナーを日本の家具店に紹介したり、製品の買い付けをする仕事だそうだ。私と交際していたころは物流会社の社員だったはずだ。

「会社、辞めたのか」

「そんなの、とっくの昔よ。こういうのやりたいって、私、ずっと言ってたでしょ」

「そうだったかな」

本当に覚えていなかった。女子高生を助けたあの後だって、私は景子の部屋に行ったはずだが、何を食べて何を話したのかなど、まったく思い出せない。

「本当に、私のことになんか興味がなかったのね」

さらりと嫌味を言ってくる。従業員がコーヒーを運んできて、伝票をプラスチックの筒に押し込んで去っていく。コーヒーにミルクは入れず、スティックの砂糖を半分だけ入れるというその飲み方には、覚えがあった。

カップを口に運ぶ景子を前に、私はカタログに目を落とす。興味はなかったが、無下にするのもしのびなく、ページを繰る。

と、あるページで手が止まった。灰色のソファーの上に、大きな雪だるまのぬいぐるみが載っている。——紺色のシルクハットに黄色いマフラー。尖りすぎたニンジンの鼻に赤い二つの目。

「景子、この雪だるまは」

手が震えるような感覚を覚えながら、私は訊いた。

「ジーナ・アイネンでしょ」

当たり前のように彼女は言った。

「なんだって?」

「ジーナ・アイネン。フィンランドのデザイナーよ。もともとはこの雪だるまのぬいぐるみしか作ってなかったんだけど、三年くらい前からインテリアのデザインも始めて、そこそこ人気なのよね」

「手作りじゃないのか」

「雪だるまのこと？　手作り〝風〟よ。この汚れもいい感じだってね。でも、日本で親しまれるようになったのは、やっぱりここ三年のことかなあ？」

「十年前は？」

「十年前？　ごく一部の人は知ってたかもしれないけど、少なくとも私は知らなかったわね」

私はぼんやりとしていた。目の前の景子がリサのような幻覚ではないかとまだ思っていた。そしていつしか、声を立てて笑っていた。

図らずも景子のおかげで、一番の謎が解けた。このぬいぐるみは何も、虐待が行われていたあの家の暗い窓辺に置かれているものだけではなかったのだ。藪下もどこかでこのデザイナーを知り、手に入れていたにすぎない。

「ちょっと、どうしたのよ？」

人目をはばからず笑い続ける私を見て、景子は顔をしかめていた。

「なんでもない。ありがとう」

「変な人。原田くんって、そんな笑い方する人だっけ」

「俺も、変わったのかもしれない」

安堵から、私はまた笑った。景子もカップに口をつけたまま、可笑しさに肩を震わせている。

「あの……、主任？」

振り返ると、清遠がいた。景子の顔を不安そうに見ている。

「ああ、同僚の方ね。ごめんなさい、私はもう、いなくなります」

と言いながら私に手招きをして、身を乗り出す。私はテーブル越しに景子に顔を近づける。

「可愛(かわい)い子。今度はちゃんと、興味を持って、話を聞いてあげるのよ」

私が言い返す前に、彼女は素早く立ち上がり、ソーサーごとカップを持ち上げて別のテーブルへと移っていった。伝票は、持っていかなかった。

4

「主任が見る『リサ』という女の子は、現実に会ったその女子高生の姿を借りた別人というわけですか」

清遠の目の前にある海鮮パスタは、半分ほど食べられたまま放っておかれている。

「別人というか、そもそもこの世にいない存在だ」

「これから、どうするつもりですか？」

「来週もう一度病院に行ったとき、医者に相談してみるが、どうなるかは見当もつかない。私が、大学生のころに見たあの少女に対する罪悪感を払拭できない限り、リサは消えないだろう」

清遠は咳き込んだ。

「大丈夫か？」

「……すみません」

顔を真っ赤にして水を飲む。涙目になっていた。

「主任は、今でも悪いと思っているんですか、その子に対して」

胸に手を当てて息を整えつつ、清遠は訊ねた。私は答えにためらった。もちろん悪いと思っている。だが、それならなぜ……という次に来る質問に、私は恐怖を覚えていた。この恐怖から逃げ続ける限り、リサは消えないのかもしれない。

「その、名前も忘れてしまった女子高生のことはどうして助けることができたんでしょうか？」

黙っていると、清遠は質問を変えた。まるで、来週の問診の予行練習のようだった。

「傘で殴られるところを、しっかり見てしまったから？」

「それは、向かいの家の少女と、変わらない」

「自分しか助ける人間がいなかったから？」

「それもだ」

「じゃあ、立ち向かうべき相手が見えていて、酔っ払いだったから？」

「それはあるかもしれない。立ち向かっていけば負ける相手とは思えなかった」

正確な答えにはなっていなかった。

「その女子高生が、可愛かったから？」

どきりとした。あの日、ブルゾン男が振り上げていたビニール傘の先端の金属部分で、胸を突かれた気分だった。私の表情に肯定の意を見取ったのだろう、清遠は納得するようにうなずいた。

「主任でも、女の子の見た目に左右されることがあるんですね」

「……そうだったのかもしれないな」

清遠はもう一度咳き込み、水を飲んだ。

「風邪(かぜ)か？」

「いいえ、大丈夫です。主任、幻覚のリサちゃんのことは別にして、見過ごした女の子のことは一生背負っていくんですか」

どう答えるべきか。肯定すれば、またあの恐怖と向き合わなければならないだろう。

「リサには消えてもらわなければならない」

迷った挙句、そう答えた。

清遠はしばらく私の顔を見つめていたが、やがてパスタの皿を通路側に押しやった。

「もう、食べないのか」

「主任の話を聞いてたら、胸がいっぱいになっちゃって……」

紙ナプキンを取ると、咳き込みながら目のあたりを拭いた。感受性が強いのだろう。これ以上話を聞かせていたら、彼女の心にも傷を負わせてしまうことになるかもしれない。本来の話題に移行することにした。

「それより、菱倉あかりの件だったと思うが」

「ああ、そうですね。すっかり、主任の話ばかりになっちゃった」

清遠はバッグから、クリアファイルを取り出した。先日私がメールを送った菱倉あかりの件は、清遠が引き継ぐことになっていたが、その後、彼女が担当している生徒の家に問題があるらしいと、清遠からメールで相談されていたのだった。

今日はその、菱倉と清遠との面談が行われる手はずになっていた。室長には内緒で報告しますので、例のファミレスで待っていてくれますかと、清遠は昨日私に告げていたのだ。

「この、柴咲剛太(しばさきごうた)くんという子が、菱倉さんの担当している生徒さんです。中学生です」

クリアファイルの中には、資料のコピーが入っていた。志望校は条明館(じょうめいかん)という、中堅の私立中学だ。

「面談には杉浦さんと入ったので、テキストのことや人間関係のことは対応できました。ところが、やっかいなのはもう一つの問題です。このお家、ご両親が共働きで帰りが遅く、二人とも平均して十時から十一時くらいになるんだそうです。それで最近どうやら、深夜、剛太君が寝た後、お父さんがお母さんのことを罵りながら殴っているんじゃないかということで」

「父親が、母親を」

「はい。朝ご飯のときには、二人ともけろっとしていて、お母さんは剛太くんに優しく微笑んでいるらしいんですけれど、夜になるとまた……。剛太くんは布団をかぶって寝たふりをし続けているんだそうです。そのせいかわかりませんけど、最近は髪の毛が抜けてきちゃったり、お父さんの顔を見ると急に腹痛に襲われたりするそうで。……こういうケースは、私たちが口を出すべきじゃないんでしょうか」

「いや」

私は即答した。

「親の不仲は子どもの精神状態に大きな影響を与えうる。父親から母親への暴力を見せ続けるのも、立派な虐待だ」

セミナーで聞いたことをそのまま言っているだけだった。もとより、今の私が他人の精神状態について語ることも片腹痛いかもしれない。しかしむしろ、心を病んでいる子どもをこれ以上増やしてはいけないという気持ちは、今まで以上に強くなっていた。

「主任ならそう言ってくれると思いました。私、家庭訪問をしようと思っているんです」

　清遠の言葉に、私は驚いた。

「ところが、室長に相談したら反対されました。親同士の喧嘩なんて首を突っ込むべきことじゃない。剛太くんの体のことだって、別に理由があるはずだ、って」

　あの室長の言いそうなことだった。

「私、主任みたいに強く言い返せなくって。だから、秘密で決行しようと思っているんです」

「何だと？」

「もともと剛太くんのご両親は夜の十時以降じゃなきゃ家にいません。深夜労働を会社が認めてくれるとも思えないし、勝手に行っちゃおうかと」

「何を考えてるんだ」

「剛太くんを救おうと、考えています」

　その目は、本気だった。

「……私も、同行する」

　何を言っているんですか――そういう答えを予期していた。だが清遠は口元に笑みを浮かべた。

「そうこなくっちゃ」

そしてバッグから、別のクリアファイルを取り出した。住所と電話番号が印字で記載された、コピーすら持ち出し禁止の資料だった。

「清遠、これは」

私はそこで口をつぐんだ。すでに、職務規定に違反していることをいくつも重ねている。一人の少年が助かるならばそれでもいいというのが、私の考えではなかったか。

「いつにするんだ」

柴咲家の住所を見る。——そして私は、固まった。

「実はもう先ほど、お母さんと連絡がとれまして。明日の夜に行くことになっていますけど……」

答えながら、清遠は私の異変に気づいたようだ。

「主任？　どうしたんですか？」

「あの家の近くだ」

「はい？」

「大学時代に住んでいた下宿の近くだ」

間違いなかった。番地こそ違うが、歩いて五分とかからないところだろう。必然的に私の頭には、暗い窓辺が浮かんでくる。

「行ってみますか」

清遠の目は、まるで鋭利なナイフのように私を捕らえている。

私が長らく感じていた恐怖の正体が、目の前に立ちはだかっていた。

駅近くで女子高生を助け、鬼子母神で少女を助け、その後も虐待に対して問題意識を持ち、大学のころ、見て見ぬふりをしてやりすごした少女に対して悪いと思っているのならなぜ……、今、あの家に行ってみようとしないのか。薄汚れた雪だるまのぬいぐるみが窓辺にあった、あの家に。絶望と恐怖におののく、リサという少女が引きずり込まれた、あの家に。

行ってどうなるのか。虐待されていた少女に会って謝るわけでもない。だが、あの家を再び訪れるだけでも……そう考えながらも、私は目をそらし続けてきた。

「一緒に行ってくれるんだな」

「はい」

清遠は力強くうなずいた。

「主任を治せるのは、私しかいません」

5

シャワーを止め、脱衣所に出て、体を拭く。シャツとスウェットを身に着け、冷蔵庫に向かう。ビールを取り出し、プルタブを引き、一気に喉に流し込んだ。

椅子に腰を下ろし、天井を見上げるような姿勢で目をつぶる。沼尻室長の言っていた通り、私は「正常ではない」のかもしれない。だがいくぶん、気分はすっきりしていた。

無機質なパーテーションに囲まれただけの〈面談室1〉で、仕事を休むようにと室長に告げられたとき、私は絶望に似た気持ちだった。もう仕事に戻れないのではないかとすら考えていた。だが今はいろいろなことがはっきりしている。仕事にも戻りたいと思っている。清遠初美のためにも。

恐怖はまだあるが、少なくとも明日、あの雪だるまのあった家に行くことによって、何かが進むのだ。

「本当に行くの？」

目を開くと、正面にリサが座っていた。いつもの制服姿で両手で頬杖（ほおづえ）をついている。テーブルの上には、ペンライトが二本、置かれている。

「行かないほうがいいんじゃないのかなあ」

リサは寂しそうだった。

「私、消えちゃうかもよ」

「ああ。それが目的だ」

「ずいぶん、寂しいこと言っちゃうんだね」

両手を頬から離し、テーブルの上に置いた。

「今までけっこう、ヤスの役に立ってきたつもりなんだけどなあ」

家庭訪問先の不可解な事情を解き明かすためのヒントを、私に与え続けてきたことを言っているのだろう。だが、そもそも彼女は幻覚なのだから、すべて私の脳が作り出した推理だったのだ。必要な情報はすべて、スマートフォンで得られるものばかりだった。

「私といて、楽しかった？」

リサは訊いてきた。

「ああ。君は、可愛いから」

ははっ、と彼女は笑った。

「嬉しいよ。もっといっぱい、褒めてほしかったなあ。ねえ、もっと一緒にいちゃ、だめかなあ」

私は首を振った。リサには消えてもらわなければならない。

「そっか」彼女は寂しそうに笑うと、両手で一本ずつペンライトを取って立ち上がり、後ろ向きに歩いていく。寝室として使っている、電気が消えたままの奥の部屋へ。

リサはペンライトを点灯させ、両こめかみのあたりに当てる。

「ふわぁぁん、ふぁぁん——」

私の顔を照らすようにしながら、あの擬音を口に出す。

「ふわぁぁん、ふぁぁん——」

そのまま、暗い寝室の中へ後ずさりしていく。私はそんな彼女を、じっと見ていた。

「ふわあああぁん」

ひときわ大きな声を上げると彼女は、溶けるように闇に消えた。

「さようなら」

私はつぶやき、苦いビールを飲んだ。

6

柴咲家の最寄り駅に清遠が現れたのは、午後十時まで五分を切ったときだった。私はマフラーに顎までうずめ、すっかり体が冷え切っていた。

「ごめんなさい」

改札から走り寄ってきた清遠は、白い息を吐きながら謝った。

「室長に仕事をいろいろ押し付けられちゃって。寒かったですよね？」

「私は大丈夫だが、先方は、十時の約束なんだろう。急ごう」

「ああ、それがですね」

清遠は不本意そうに顔を歪めた。

「本当に直前になって、剛太くんのお母さんから連絡が入ったんです。十一時にしてもらえませんか、って」

「十一時？」

「はい。どうしても抜けられない仕事なんだそうです。聞いたら、お父さんも遅くなるそうで」

「それならそうと、連絡してくれればよかったのに」

「室長の目があって、できませんでした。すみません」

母親との連絡はどう取ったのかと疑問が生じたが、あまり訊いても悪いような気がした。

「そうか。あと一時間もあるのか」

「主任」

清遠は体を近づけてきて、声を潜めながら私の顔を見上げる。

「先に行きませんか、リサちゃんのお家」

私も、そう思っていたところだった。

「ああ、そうだな……」

こちらは別に、家庭訪問ではない。たとえ電気がついていたとして、中を覗けるとも限らない。

「じゃあ、そっちは、主任の案内ってことで」

私たちは連れ立って歩き出す。

学生時代に住んでいただけあり、勝手知ったる街並みだった。コンビニの店舗は変わっていたが、スーパーやクリーニング屋、総菜屋など、駅前の店は変わっていなかった。三台分だけの小さなコインパーキングを横切り、閑静な住宅街に入る。二階建ての新しい住宅が多い中、煉瓦（れんが）の塀が見えた。

「あそこの路地を入るんだ」

歩みを止めないまま、私は清遠に言った。

「緊張してますか？」

「いいや」

答えとは裏腹に、鼓動が速くなっていた。しかし、立ち止まってはいけないと考えていた。深く考えることはない。あの家を、見るだけだ。私の足はむしろ、速くなっていた。

角を曲がり、幅二メートルほどの狭い路地に入る。十メートルほど進むと、左手に私の住んでいた、クリーム色の外壁の学生アパートが見えた。そしてその向かいには……。

私は足を止めた。

「どうしたんですか？」

そこには、灰色二階建ての、新しいアパートが立っていた。「可燃ごみ」「不燃ごみ」と書かれた金属製の蓋つきゴミ収集ボックス。縦型の集合郵便受けの前には、ロードレースに使われるような自転車が二台、停めてある。

「違う」

「ここじゃないんですか？」

「いや」

私は振り返り、学生アパートの二階を指さした。

「あそこが、私の住んでいた部屋だ」

「じゃあ……」

清遠の顔を見下ろし、うなずいた。リサという少女が殴打されていたあの家は、なくなっていた。過去に立ち戻るでもなく、私は白い息を吐き続け、ただ立ち尽くしている。

どれだけその場にいたのだろう。背後から自転車の音が聞こえてきたので我に返った。

ニット帽をかぶった学生風の男が、私と清遠のほうをちらりと見ながら、ロードバイクの脇に自転車を停める。

「あの」清遠が、彼に声をかけた。

「このアパートって、いつからここにあるかわかりますか?」

「え? 築五年って、聞いてますけど」

男はきょとんとした表情で答えた。

「そうですか、ありがとうございます」

私たちは彼に頭を下げる。どちらともなく、元の道を戻りはじめた。

住んでいたころからそうだったが、十時をすぎると人通りはほとんどない。私たちはしばらく沈黙したまま歩いていたが、不意に清遠が口を開いた。

「主任、今のお気持ちはどんな感じですか」

ためらったが、正直に言うことにする。

「リサは、消えてしまった」

「許されたっていうことですか」

「少なくとも、後悔や罪の意識はもう捨てようと思う。それよりは、今目の前にいる、救える子どもを救ってあげるほうに気持ちを向けるべきだ。そう言われている気がする」

ほっ、と清遠は白い息を吐いた。

「強いんですね、主任は」

「君ほどじゃない」

どこかで踏切の警報音が鳴っていた。静寂の中に、よく響く音だった。

7

柴咲家は《コーポしんじょう》という三階建てアパートの二階の角部屋だった。私と清遠は「柴咲」という表札の貼られたそのドアの前で顔を見合せている。インターホンを何度か押したが、誰も出てくる気配がなく、ドアの脇の台所らしき窓にも光がない。

腕時計に目を落とすと、十一時を三分ほどすぎていた。

「中学生の剛太くんもいないとはどういうことだ？」

「さあ……」

清遠はスマートフォンを取り出して母親にかけたが、出ないらしい。

「剛太くんを連れてどこかに逃げたとか。ありえないですか」

「いや、考えられなくはない」

清遠から家庭訪問のアポイントメントを取られた母親は、何か家庭の異常を見られるのではないかと危惧して、父親に相談したのかもしれない。思い当たる節のある父親はとりあえず約束を一時間ずらすように母親に言い、そのあいだに二人を連れてどこかへ行った——。

「ここにいては不審に思われるかもしれないから、下の公園に行って待っていよう」

《コーポしんじょう》のすぐ向かいには、植え込みに囲まれた、砂場と滑り台、それに小さなベンチが二脚しかない公園があった。私たちはベンチに座り、しばらく待ち伏せをしてみることにした。

数分待っても、誰かが帰ってくることはおろか、公園のそばを人が通る気配もなかった。

「なんですかね、これ。本当に」

清遠はベンチのそばの植え込みを不気味そうに見ている。そこには、古い車椅子が一台、放置されているのだった。

「不法投棄じゃないか」

「気味が悪いです」

たしかに気味が悪いが、こういう常識はずれなことをする人間が多いのが東京だ。清遠は感受性が強いぶん、どうも気にしすぎる傾向がある。

「それより、もう一度、電話してみたらどうだ」

私が提案すると同時に、彼女は立ち上がった。スマートフォンを取り出すかと思いき

や、

「なんだか、寒くなってきちゃいました」

そう言った。

「コーヒー、買ってきていいですか。主任のも、買ってきます」

「ああ。じゃあ、小銭を……」

「いいですよ。ついてきてもらったの、私のほうですし」

清遠は公園を離れていく。時刻は十一時十五分になろうとしていた。私はその場を立ち去るわけにもいかず、ただ柴咲家の部屋を見張る。

再び、踏切の警報音が響く。コートのポケットの中のスマートフォンが震えた。清遠かと思って見ると、「ＳＣエデュケーション　池袋教室」の文字があった。十一時には退社しなければいけないはずだがと疑問を抱きつつ、私は出た。

〈原田主任か？　沼尻だ〉

怒気のこもった声だった。応じてはいけないと、私はとっさに考えた。

〈今どこだ、踏切の音が聞こえるぞ。外だな？〉

「いえ……」

詰まったような声が出る。

〈清遠さんが一緒じゃないか？　まさか二人で、家庭訪問をしようというんじゃないだ

ろうな。いいか主任〉

私は通話を切った。なぜだ。なぜ知っているのだろう。その後も着信があったが、私はスマートフォンの電源を落とした。両手にコンビニのカップ入りコーヒーを持って清遠が帰ってきたのは、五分もしないうちだった。

「動き、ありましたか？」

首を振る私に、清遠は左手のコーヒーを差し出す。

「いや。しかし、室長から電話があった。今夜の家庭訪問について、気づいている」

「まさか」と清遠は目を丸くした。

「でも、私のスマートフォンにはかかってきません」

「そうなのか」

「ええ、どうしましょう？」

落ち着きを取り戻そうとしているのか、清遠はプラスチック蓋の穴に口をつけ、コーヒーのカップを傾ける。私は、柴咲家のドアを見上げた。

「今夜は帰ってこないかもしれないな」

「こういうときは、どうするんですか？」

「わからない」

「とりあえず、コーヒーを飲み終えるまでは待ってみますか」

私はうなずき、プラスチック蓋を取り外す。カップに直接口をつけてコーヒーを飲んだ。喉から胃にかけて、熱くなった。

清遠もコーヒーを飲み、柴咲家を見上げる。沼尻室長はなぜ、私たちが家庭訪問をしていることに気づいたのか。清遠が何か感づかれるようなことをしたのではないか。だが、清遠を責めるわけにはいかない。同行すると言ったのは私なのだ。

考えてもしょうがないことを考えているうち、五分ほどでコーヒーを飲み終えてしまった。

「帰りましょうか」

あきらめたような清遠の声が、水の中から聞こえたような気がした。どうしたというのだろう。

「主任、終電って、何時か知ってます？」

「……ん」

思うように舌が回らなかった。喉の奥がしびれていた。頭の中で鐘が鳴っているかのようだった。

「主任？」

清遠の不思議そうな顔が回っている。なぜだろうと考えるのも面倒になっていた。

「どうしたんです？」

私は、清遠の華奢(きゃしゃ)な体に凭(もた)れ込んだ。

＊

「主任。起きてください、しゅにーん！」

頬を叩かれ、私は目を覚ます。目の前には、しゃがみこんで私の顔を覗き込む清遠初美の姿があった。頭はまだぐらぐらと揺れ、船の上にいるかのようだった。

「どうしたというんだ、私は……」

公園ではなく、ずいぶんと開けた場所だった。清遠の顔の向こうには、赤いランプが見えた。顔を横に向ける。線路が延びている。踏切の真ん中に私はいるのだ、とわかった瞬間、両手首に激痛が走った。私の両手首は、針金できつく結ばれていて動かなかった。手だけではなく、足もだ。もがくと、がちゃがちゃという音が立った。公園の茂みの中にあった車椅子に縛り付けられていることにようやく気づいた。

「あんまり動くと、倒れちゃいますよ」

清遠は立ち上がると、腕時計を私の目の前に突き出した。十二時十分だった。

「終電、もうすぐだそうです」

「これはどういうことなんだ」

「昨日ファミレスでお見せした資料は、体裁を真似て私が作った物です」

清遠は、予想もしていなかったことを言った。私は混乱した。

「柴咲剛太くんの本当の住まいは目白台ですよ。さっきのアパートの部屋は誰も住んでない空き部屋で、表札も私が昼間、貼り付けておいたんです」

私を見下ろす彼女の口調は、淡々としていた。

「あそこを選んだのは、私と母が住んでいた静岡のアパートに雰囲気が似ていたからです」

「何を言っているんだ、清遠」

「私はもともと両親と、三つ離れた妹と、四人で暮らしていました」

「どういうつもりだ。答えろ、清遠」

「私は妹ととても仲が良かった。二人で絵を描いたり、流行っていたアニメの女の子の真似をしたりするのが好きでした」

「おい」

「うるさいなっ！」

清遠は私の車椅子の車輪を蹴とばした。

「終電まで時間がないんで、黙って聞いてもらえますか？　……あの男が仕事をクビになったのは私が八歳のときです。再就職もせずに家に引きこもり、母や私たちに暴力を振るようになりました。ある日、母は私の手を引いて家を出て、そのまま静岡へ。母は私が大人になった今も、はっきりとした答えをくれません。なぜ、妹を――、リサを連れていかなかったのか」

「リサだって？」

脳が水槽の中で揺れているようにめまいがした。

「それじゃあ、君は……」

その後の言葉が続かなかった。清遠の目から、涙があふれ出ていた。

「私、リサが心配で、一度だけ電車を乗り継いで東京に来たことがあったんです。十年前の冬です。静岡から東京までの道のりは遠く、とんでもない冒険でした。やっとたどり着いたあの家の窓を叩くと、リサは顔を出しました。その顔はすっかりやせ細って骸骨のようになり、髪の毛からは異臭がしました。学校にも行かせてもらえず、ご飯も満足に与えられていないということを知り、私は一緒に逃げようと訴えましたが、リサは首を振るばかりだったんです。お父さんが悲しんで怒るからって」

呟き込み、素手で涙をぬぐう清遠。自分の状況も忘れ、私は彼女が哀れになった。

「清遠……」

「口を挟まないでください！」

真っ赤な目が、私を睨（にら）みつける。

「周りの人は誰も助けてくれないのかって訊くと、助けてくれないって。前にこの窓から向かいの二階のお兄さんと目が合ったけど、そらされたって。それ以来、大人に助けてもらうのはあきらめたんだって、リサは悲しく笑ったんです。私、ものすごい怒りで、目から血が出そうなくらい顔が熱くなって……私は向かいのアパートのその部屋に飛んでいって、ドアを叩いたけれど誰も出なかった。昼間だったからでしょう、アパート全体が死んだように静まり返っていました。私はドアのポストに挟まっていた郵便物を見つけ、その宛名を必死に目に焼き付けました。原田保典様……。そんなのが何の役に立つと思ったんでしょうね。虐待の目撃者がいたほうがいいと思ったのかもしれません」

彼女は、私の名前を知っていたというのだ。清遠はふぅー、と息をつくと、また話を始めた。

「それで、今度はリサに何かご飯を持っていってあげなきゃと思ってアパートを出たところで、運悪く、帰ってきたあの男に見つかってしまったのです。太い腕で羽交い締めにされて家に引きずり込まれ、口にタオルをかまされ、ガムテープでぐるぐる巻きにされました。私もこの家で殴られて死んでいくんだと思いました。変な話ですけど、リサと一緒で嬉しかったんです。ところが、一度出ていったあの男はすぐに帰ってきて、私だけを抱え上げ、外に停めてあった車のトランクに放り込んだのです。息が止まりそうになるくらい油臭いそのトランクで揺られながら、私は気を失いました。揺り起こされて目が覚めると、そこは静岡のアパートの前で、あの男は母に私を放り投げて帰っていきました。母は私を抱きしめ、泣きながら懇願したのです。もう二度と行かないで、と。お巡りさんにも言っちゃダメ、と。信じられないことに、母は、父が逮捕されるのを恐れていたのです。その後、私はリサに会うことはありませんでした」

清遠は再び、私の前にしゃがみ込んだ。

「何か、感想は」

その目から、涙は引いていた。

「リサは、どうなったんだ」

「死にましたよ」

「死んだ……」

「はい。私が東京に行った半年後、警察がうちに来て母を連れて行きました。私の知らないところで離婚は成立していたみたいで、父だけが逮捕されたようです。リサは、小さく干からびていたと……警察の人から聞きました」

清遠は嗚咽していた。だがやがて落ち着きを取り戻し、右方向を見た。すべてが停止したような闇の中から、私たちのもとへ、線路は続いていた。

「まだ終電は来ないようですね。主任が気になっているだろうことを手短に言うと……、私は福祉の学校に進み、児相にも出入りするようになりました。主任の名前を見つけたのは、児相が発行している小冊子でした。同姓同名かも知れないと思いましたが、鬼子母神で虐待されている子どもを救ったという話がひっかかりました」

「それで、うちの社に……」

「はい。池袋教室に配属になり、原田主任と働けるようになったのは、リサの導きとしか思えません」

清遠は不気味な笑顔を見せた。

「主任は、虐待に対して問題意識を持たれているように思えました。でもそれはすべて、罪滅ぼしの名を借りた、自分自身の傷をいやす行為でしかないように私には見えました」

「違う」

「では、主任が救えた子どもが一人でもいましたか？」

私を責め立てる、二つの目。

「主任は、問題を抱えている人の家を覗き、ただその家の事情を明らかにして、ケアは一切しなかった」

言い返す言葉もない。

「私の心が決まったのは、昨日のことです。なぜ女子高生は救えたのにリサを救うことはできなかったか。それが自分の精神状態に影響を与えているのだ。――まるで、被害者は自分だとでも言いたげな主張でしたね」

「違う。私はリサがどうなったのか、ずっと……」

「じゃあどうして、あんなことを言ったんですか」

「あんなこと?」

「『リサには消えてもらわなければならない』」

清遠の頰に、また涙が落ちていく。

「あんなこと言われて、食事なんて続けられるわけ、ないじゃないですか」

主任の話を聞いてたら、胸がいっぱいになっちゃって——、彼女がパスタをテーブルの隅に押しやった意味を、私はようやく理解していた。

警報機が鳴りはじめた。

赤いランプが明滅し、私の前に立ちはだかる清遠が、シルエットに変わった。

「それでも私、最後のチャンスと思って主任をこの町にお連れしたんですよ。主任の言う『雪だるまのあった家』に。……後悔や罪の意識はもう捨てる?それよりは、今目の前にいる、救える子どもを救ってあげるほうに気持ちを向けるべき? リサにそう言われている気がする?」

泣き声とも笑い声ともつかない声を立て、清遠のシルエットは肩を震わせた。

「私は、そんなこと、思ってないよ」

私の背後から右肩越しに、ぬっ、と顔が出てきた。昨日、別れを告げたはずの彼女は、警報機のランプに真っ赤に照らされ、ニヤリと笑っている。

清遠は私から去り、下りはじめた遮断機をくぐっていく。

「清遠。待ってくれ。知らなかったんだ。許してくれ」

「許してくれ。リサも何度もそう言ったはずです。でも、許してはもらえなかった」

車椅子の車輪が、小刻みに揺れはじめる。電車が近づいてきていた。

「清遠――」

遮断機の向こうで私を見つめる彼女には、もう私の声は届いていなかった。電車はもう、すぐそこまで来ている。

――ふわぁぁん、ふぁぁん
私の姿に気づいたのか、警笛が鳴らされる。聞き覚えのあるリズムだった。

――ふわぁぁん、ふぁぁん
ああ、これだったかと、私の部屋でのリサの行為を思い出した。

鼓膜を破りそうな金属音。

ブレーキをかけているのだろうか。

今からスピードを緩めても、間に合わないだろう。

――ふわあああぁん

ひときわ大きな警笛が鳴った。私を照らすまぶしい光は、二本並んだペンライトに見えた。

目をつぶる。

「さよなら、ヤス」

リサの無情な声が耳に聞こえ——、激しい衝撃と共に、私の体は道路のほうへ吹っ飛んだ。頭が地面に叩きつけられ、口の中に鉄の味が広がる。足に、焼きごてを当てられたような熱さが走る。

あわっ、たっ！

男の声が聞こえた。それを、電車のブレーキ音がかき消した。私は、目を開けることもなかった。

エピローグ

葉を落としきった枯れ木立が見える。寒さに乾ききったコンクリートの中庭。老婆を乗せた車椅子が、看護師にゆっくりと押されていく。

「なあ、原田さんよ。一と四と、どっちが好きか言ってくれよ」

隣のベッドから、重田(しげた)が話しかけてきた。五十過ぎの男性で、私と同じく足を骨折して入院している。彼が覗き込んでいるのは布団の上に載せたタブレットだ。仕事に使うのだと言っていたが、もっぱら競艇の情報ばかりを見ている。

「また舟券を買おうとしているんですか。昨日、禁止されたでしょう」

「生きがいをやめられるかバカ野郎。二と三は固くて、六は絶対にねえんだよ。一と四まで絞ったけど、これはどっちか選ばねえと、負けがこみすぎるからな」

私は無視し、また窓外のほうに顔を向ける。入院するのは初めての経験だが、三日目にしてすでに個室に入りたくなっていた。私の給料では、それはかなわないだろう。

「原田さん」

廊下から声がかけられ、顔を向ける。私の担当の看護師の背後に、スーツ姿の沼尻室長が立っていた。私はベッドの上に半身を起こそうとした。

「ああ、いいよ、そのままで」

沼尻室長は看護師と共に近づいてくる。

「どう、足の調子は？」

「いい、とは言い難いです」

「だろうな。ほら、これ差し入れ」

室長は洋菓子と思われる箱を、枕元の台に置いた。看護師は頭を下げて、去っていく。

「あとこれも。寂しいといけないからな」

洋菓子の箱の脇に置かれたのは、ガチャガチャで当てたらしき、ヒトの骨格だった。

「骨折の入院患者への差し入れとしては悪趣味ですよ」

「わかってるよ」

昔クラスにいたいたずら小僧のような笑みを見せると、彼はベッドの脇の椅子に腰かけた。

あの夜、私を線路から突き飛ばしたのは、沼尻室長だった。

私に休暇を取るようにと告げたあの日、池袋教室を児童相談所の栗本が訪れたそうだ。

沼尻室長は栗本から、藪下丈二郎の家であったことを詳しく聞き、虐待の実態に心を痛めた。同時に、私がなぜああいう状態になり、リサという幻覚を見るのかと栗本に訊ねた。私の過去について知らず、また精神鑑定などが専門ではない栗本は答えられなかった。

藪下家の実情に、沼尻室長の心は揺らいだ。品川の本社に問い合わせ、これまで《家庭教師のシーザー》の職員が発見してきた児童虐待の現場についての資料を取り寄せ、それを読んでいくうちに、私のしていることの重要性を感じていった。

私の精神状態のことがますます気になった沼尻は再び栗本に連絡を取り、大胆にも、藪下に会いたいと言ったそうだ。私がおかしくなったところを見たスクールカウンセラーならば、私の過去に何があったのか見当がつくのではないかと考えたのだ。事情を鑑みた栗本と共に警察を訪れた室長は、藪下と面会した。藪下は終始落ち着いて、「原田先生はかつて、児童虐待を見て見ぬふりをしたことがあるのではないか」と話した。その過去に、おそらくはジーナ・アイネンの雪だるまのぬいぐるみが関わっているのであろうとのコメントと共に。

沼尻室長は私の過去を調べようと、実家に電話をし、私が大学のころに住んでいた場所を聞いた。再び栗本に連絡を取り、そのあたりで過去に児童虐待が起こっていなかったかを調べてもらったところ、「驚きました」というコメントと共に、すぐに事件の記録のコピーがメールで送られてきた。

男の名前は三田真一といい、九年前の五月に逮捕されていた。部屋の中からは半分ミイラ化した次女、三田理沙の遺体が発見された。その住まいが、私の下宿の向かいだったことを知り、藪下の見立てが正しいことを確信した。痛ましい事件に胸を突かれた沼尻室長だったが、事件の記録の詳細を読み進めるうちに別の戦慄を覚えた。

三田真一を警察に通報した当時静岡県在住の元妻の名は、清遠孝江。そして、彼女が引き取った長女の名が、「清遠初美」となっていた。まさかと思ったが、年齢も一致する。児童虐待へ並々ならぬ関心を示すところも合点がいく。

はっきりと本人に確認するのは控えるべきだと沼尻室長は判断し、資料の「清遠初美」と一致するところが他にもあるか、それとなく清遠に探りを入れてみた。家族構成について訊ねると、子どものころに両親が離婚し、母と共に静岡に移り住んだと清遠は答えた。兄弟姉妹について質問するといないとの答えが返ってきたが、そのときの表情は硬かった。虐待死の事実を隠そうとしているのではないかと、沼尻室長の清遠への疑念はさらに濃くなっていった。

私が大学生のころ、向かいの家で起こっていた虐待に対して見て見ぬふりをし、子どもは死んでしまった。その姉が、十年経って私の居場所を突き止め、近づいてきた。

——沼尻室長は、私よりも先に、ここまで気づいていたのである。

清遠に真実を質すべきか。休養中の私に先に清遠の素性を伝えるべきか。それとも、上に報告して指示を仰ぐべきか。思い悩んでいるうちに仕事は後回しになり、十時過ぎまで職場に残る日が続いた。

そしてあの日、清遠のデスクの上に、沼尻室長は柴咲剛太の資料を見つけたのである。初めは、個人情報の観点から人目につくところに放置しておいてはいけないという気持ちで、手に取った。何気なくその住所が目について、固まった。まさに今、悩みの種となっている虐待事件がかつて起こった町の名だったからである。

清遠への疑念に突き動かされた沼尻室長は、データに登録されている柴咲剛太の住所を調べ、清遠の資料が偽造されたものであることを知った。慌てて清遠に電話をかけたがつながらない。胸騒ぎを抑え、彼は私の電話番号にかけた。

「原田主任か？　沼尻だ」

焦燥感から、怒気のこもったような声になった。電話の相手は黙り込み、踏切の音がかすかに聞こえた。

「今どこだ、踏切の音が聞こえるぞ。外だな？」

〈いえ……〉

困惑したような声が返ってきた。沼尻室長は直感した。原田保典は清遠に騙されていると。

「清遠さんが一緒じゃないか？　まさか二人で、家庭訪問をしようというんじゃないだろうな。いいか主任……」

通話は切られた。それは、沼尻室長の直感が正しいことを何よりも雄弁に物語っていた。すぐにビルを飛び出し、タクシーを捕まえた。

偽造された資料の住所の周辺は、ひっそりとして人がいなかった。周囲や、公園などを見て回ったが、私や清遠がいる気配はなかった。ひょっとすると十年前の事件の現場かもしれないと、栗本の報告書に記載されていた住所まで足を運んだが、そこには新しい単身者向けアパートがあるばかりだった。

終電の時刻が迫っていた。偽造の資料は気になるものの、何かの勘違いだったのかもしれないと駅に戻ろうとした。

女性の声が聞こえたのは、線路沿いの道に出たときだった。清遠の声ではないかと思い、線路沿いを速足で歩いていった。

何を言っているのかわからなかったが、清遠は興奮しているような口調だった。警報機が鳴りはじめ、同時に恐怖におののく男性の叫び声が聞こえてきた。

室長は走った。遠く、踏切の中に車椅子が放置され、そこに人が座り、もがくように揺れているのが見えた。電車のライトが近づいてくるのも見えた。遮断機までたどり着いたときには、車椅子に載せられているのが私であることを疑っていなかった。向こうに、清遠の華奢な姿も見えた。電車の急ブレーキ音を聞きながら、無我夢中で遮断機をくぐり、車椅子に体当たりをして弾き飛ばした。

やがて、すべてが停止した。

沼尻室長と、私を載せた車椅子は、隣の線路の上に転がっていた。私は気を失っていたらしい。室長は遮断機の向こうを見た。清遠が目を見開いていた。室長と目が合うなり、彼女は身をひるがえし、走っていった。

沼尻室長のほうは打撲で済んだが、手足を針金で固定されたまま車椅子ごと弾き飛ばされた私は頭を打ち、足に全治二か月の骨折を負った。次に目が覚めたのは病院のベッドの上で、そのまま入院が決まった。


「今日は、報告があってね」

室長は、自分で持ってきたヒトの骨格を指ではじきながら言った。

「清遠さんが、話を始めたそうだよ」

あの日走り去った清遠は、深夜に国立の自宅にいるところを連行された。警察ではずっと黙っていて、時折涙を流すだけだと聞いていた。

「自分のしたことは悪いことだと思うが、主任に対する気持ちは変わらないってさ」

「そうですか……」

私はそれだけしか言えなかった。

「俺は、主任は悪くないと思うけどな。救う、助ける、なんて口では簡単に言うけれど、実際に目の当たりにしたら足がすくんで動けないもんだろう。特に、大学生なんて」

「しかし、私が彼女の妹を見殺しにしたのは事実です」

沼尻室長は少しのあいだ黙っていたが、やがて一枚の封筒を取り出し、私に手渡した。中を覗くと、便せん数枚と一枚の写真があった。写真には、小学校六年生くらいの女の子が、コンクリートの壁に取り付けられた突起に手と足をかけ、こちらを見て笑って写っていた。

「熊井鈴花ちゃんだよ。あとで読めばわかるけど、日本選手権を目指すんだそうだ。主任と、清遠さんにお礼を言いたいって、手紙をくれたんだ」

私は室長のほうに目をやった。室長は寂しそうに笑っていた。

「主任と清遠さんに救われたんだよね、この子は」

逆さ面の家を訪れたときの清遠のことを思い出していた。

「どういう心境だったんだろうね。復讐(ふくしゅう)すべき相手と、子どもを救おうとしていたときの清遠さんは」

黙っていると、沼尻室長は「俺には全然わからないよ」と、写真を取り上げた。

「いずれにせよ、この子は、運がよかったと言うべきなんだろう。原田主任と、清遠さんの家庭訪問を受け、真実に気づいてもらってさ」

「子どもが守られるのは、運によってではいけません」

　私は言った。

「大人の努力によってでなければ」

　沼尻室長は私の顔を見ていたが、肩をすくめた。

「主任は、出世しなさそうだよね」

　ちらりと腕時計を見ると、「ああ」と立ち上がった。

「そろそろ行かないと。品川での研修があるから。清遠さんの件について報告しろとも言われていてね」

「すみません」

「じゃあ」

　と、病室を出かけて、沼尻室長は振り返った。

「俺はね、児童虐待の早期発見なんていうのは、やっぱり家庭教師派遣センターの仕事じゃないと思ってるよ。それぞれの家にはそれぞれの事情があって、そこに家庭教師が立ち入ったり口出ししたりなんて、余計なこと以外の何物でもない。……でもまあ、主任は続けなよ。それがきっと、清遠さんにとって救いにもなるんだから」

　私の返事を待たず、沼尻室長は廊下へ消える。清遠初美にとっての救い。それは同時に、三田理沙にとっての救いにもなるというのだろうか。そもそも、そんなことを考える資格が私にあるだろうか。病室の出入口をじっと見つめたまま、私は考えた。いくら考えてもリサはもう、現れない。私をあざ笑うことも、励ますこともしない。

「原田さん、難しく考えなさんな」

重田が話しかけてきて、私ははっとした。彼はまだ、タブレットを睨みつけていた。

「今度は四か六だ。難しく考えんと、どっちか好きな数字を言うんだ。これは勝負レースだぞ。うまくいきゃ、八十倍はあるぞ」

競艇の話だ。私たちの話を聞いていたわけではなさそうだった。

「おい、主任」

入口のドアから、沼尻室長が再び顔を出す。

「忘れてた。これ、もう一個、差し入れな」

沼尻室長は、隣のベッド越しに何か緑色のものを放り投げてくる。私は手を出したが、取り損ねた。

布団の上に落ちたそれは、十個入りのミントガムだった。

解説

岡崎琢磨

二〇一六年十一月二十三日、紀伊國屋書店新宿本店にて、講談社タイガの創刊一周年を記念するトークイベントが開催された。登壇した四人の新鋭ミステリ作家の中に、青柳碧人の姿はあった。

そのイベント中、司会者の質問に作家たちがスケッチブックに記述して回答するコーナーがあった。コーナーの最後、「今後の小説に必要とされるものは？」という総まとめ的な質問に対する、青柳の回答が印象深い。スケッチブックには、こう書かれていた。

〈優れた独創性〉

そう、青柳作品はいつでも、優れた独創性にあふれている。数学教育が不要とされた社会において、数学を用いて国家転覆を目論(もくろ)むテロリスト集団と戦う女子中学生の物語（講談社文庫「浜村渚の計算ノート」シリーズ）、持ち主に棄(す)てられたおもちゃたちのスラムと化した街で活動する弁護士の物語（講談社タイガ「玩具都市弁護士（トイ・シティ・ロイヤーズ）」シリーズ）、一家全員が名探偵という家に生まれ育ち、家族に強いられてやむなく事件を解決する末の娘の物語（新潮ｎｅｘ文庫『猫河原家の人びと――一家全員、名探偵――』）、江戸時代のあやかしたちを得意の算法で退治する武士の娘の物語（実業之日本社「彩菊あやかし算法帖」シリーズ）など、同業者として「どうすればそんなお話を考えつくのか」と嫉妬してしまうほど、魅力的な設定の作品ばかりだ。

たとえるならば、青柳作品を紐解（ひもと）くのは、びっくり箱を開けるときのような不思議とワクワクに満ちている。次はいったいどんな手を使って、読者を楽しませてくれるのか。期待しつつ、本作『家庭教師は知っている』を読み始めた。

家庭教師派遣会社《(株)ＳＣエデュケーション》が運営する《家庭教師のシーザー》は、とある生徒を母親による虐待から救い出した一件を機に、児童相談所から協力を要請されて家庭内での虐待を見つけ出す活動に力を入れることになる。

原田保典は、その《家庭教師のシーザー》池袋教室で家庭訪問担当を務めている。講師の大学生らと定期的に面談をおこない、彼らの担当する生徒の家庭に問題があると判断した場合は、家庭訪問をして状況を確かめる役割を担う。原田自身もかつて、虐待を受けていた女の子を保護した経験があり、みずからの職務に前向きに取り組んでいた。

だが、池袋教室の沼尻室長は原田のことをおもしろく思っていないらしく、家庭訪問にも批判的な態度を示す。

そんな沼尻の冷ややかな視線にもめげず、原田は虐待の疑いのある家庭への訪問を繰り返す。すべての部屋に空の鳥籠がぶら下がっている家、壁一面にたくさんの人の顔が逆さまに浮き出ている家、なぜか三人の祖母がいる家……。自宅に出没する正体不明の女子高生リサに助けられながら、原田はそれぞれの家庭で浮かび上がる謎を解き明かしていく。家庭訪問担当への着任を希望する新入社員、清遠初美との関係の変化や、ときおり原田の脳内にフラッシュバックする雪だるまの記憶など、多くの波乱を含みつつ物語は進行し、やがて衝撃的な展開を迎える。

ミステリ小説には、日常の謎というジャンルがある。定義は人によっても少しずつ異なるが、端的に《犯罪ではない謎を扱う本格ミステリ》としておけば、おおむね差し支えないのではないかと思う。

本作において、謎の中心を占めるのは「虐待はおこなわれているのか？」である。虐待は犯罪を構成する要素をともなう場合がままあるから、これを日常の謎とくくってしまうのはやや乱暴かもしれない。しかし、少なくとも本作を日常の謎に類するミステリとすることに異論は出ないだろう。連作短編集だが、長編としても読める構造になっている。

作者の青柳は作家になる以前、塾講師として勤務した経歴を持つ。その経験は文藝春秋より刊行の「ＪＳＳ進学塾」シリーズに生かされている。学校の外側での教育を描いた作品という点で、本作と対をなすシリーズであると言えよう。その「ＪＳＳ進学塾」シリーズの第一作、『国語、数学、理科、誘拐』に登場する加賀見塾長の台詞を、ここで引用したい。

「私の理想の学習塾っていうのはね、（中略）人生に必要な勇気というか、精神を育てる場所のことなんだ。この塾で、さまざまな講師たちの生き方に触れ、影響され、自分自身の得意なものを育てて、その後の人生を実り豊かなものにしていく。そういう生徒たちを育てたいんだよ」

この発言が、作中人物に仮託して、学校外での教育についての作者自身の理念を述べたものであることは想像に難くない。作者は学習塾を、単に勉強を教えるだけの場だとは考えていない。きっと青柳もかつて、加賀見塾長と同じ思いで教壇に立ち、生徒に向き合っていたのだろう。

であれば家庭教師もまた、勉強を教えるだけが役割ではないはずだ——そんな思想が、本作には如実に表れている。学校の教師と違い、家庭教師は家庭に入り込むことを前提とした存在だ。家庭内の問題にも目が行き届きやすく、虐待の早期発見に役立つ可能性がある。「なるほど」と思わせる、非常にうまい設定である。

近年、家庭内での虐待に対する問題意識は高まっている。今年（二〇一九年）の二月に時事通信社が配信したニュースによれば、二〇一八年の一年間で、警察が十八歳未満の子供への虐待の疑いがあるとして児童相談所に通告した件数は八万件を超え、過去最多を更新したそうだ。これを、単純に虐待が増えたと見るのは誤りだろう。国民ひとりひとりが虐待に関心を持つようになり、いままで見逃されてきた虐待――身体的虐待だけでなく、暴言などの心理的虐待やネグレクトを含む――について相談・通報するようになった結果、通告の件数が増えたのだ。子供たちの健やかな暮らしのために、状況はいくらかでも改善しつつあるようだ。

しかしその一方で、幼い子の虐待死のニュースがたびたび世間を揺るがしており、問題の根深さを考えさせられる。児童相談所と学校や保育園といった教育の場、また近隣住民などとの連携は、子供たちを守るために今後ますます必須になっていくに違いない。

そのような時代の流れのさなかにあって、本作が虐待を取り上げることには大きな意義があるはずだ。作中に描かれる虐待はいずれも真に迫っており、残酷で痛ましい。けれども大人たちは、そこから目を背けてしまってはいけないのだ。世の中の動きに対する興味を失わず、絶えず目配りを欠かさない作者だからこそ、選び得たテーマだろう。

虐待という悲しい題材を扱ったことからくる必然として、本作にはどこか重苦しい空気がつきまとう。コミカルで終始楽しく読ませることの多い青柳作品の中にあって、本作は異色作であるとも言える。過去の青柳作品に親しんできた読者ほど、ある種の驚きを覚えるのではないか。

だが、それでも作者は、これまでの作風に違うことなく、作中人物に向けて温かい眼差しを注ぎ続ける。本作を読み終えたとき、読者の心には忘れがたい、ずっしりとした余韻が残るはずだ。それは決して心地よいばかりではない。なのに、どこかにペンライトで照らしたかのような、一条の光を見出せる気がしないだろうか。それは作者が作中人物を見つめ、彼らの人生を真剣に考えるからこそ、読者に予感させる未来、希望の徴ではないかと思う。その点で本作はやはり、まぎれもなく青柳作品なのである。

心に闇を抱えた模様の原田が、謎めいていながらもチャーミングなリサが、沼尻室長や清遠初美が、そして虐待に遭い、もしくはその疑いのあった子供たちが、物語の先にどのような人生を歩むのか。ほんのわずかな時間でいいから、ぜひ思いを馳せてもらいたい。あなたの中で何か意識が変わるなら、そこに本作の意義はある。

最後にもうひとつ、作者の印象的な言葉を紹介しよう。あるとき同世代の作家で集まって話している最中に、将来は誰のようになりたいか、という話題が出た。故人を含む錚々たる大御所作家の名前が並ぶ中、青柳は迷うことなく答えた。

「三谷幸喜！」

作品同様、彼もまたびっくり箱のような人物である。本作という傑作をものした彼が、次は果たしてどのような作品をわれわれに届けてくれるのか。刮目して待ちたい。

（おかざき・たくま　作家）

初出誌「小説すばる」

鳥籠のある家　二〇一七年十二月号
逆さ面の家　二〇一八年二月号
祖母の多い家　二〇一八年五月号
蠅の飛ぶ家　二〇一八年六月号
雪だるまのあった家　二〇一八年八月号
エピローグ　書き下ろし

この作品は「小説すばる」に掲載されたものを加筆・修正した
オリジナル文庫です。

本文デザイン／織田弥生

集英社文庫　目録（日本文学）

相沢沙呼　雨の降る日は学校に行かない
青木　皐　ここがおかしい菌の常識
青木祐子　幸せ戦争
青木祐子　嘘つき女さくらちゃんの告白
青島幸男・訳　23分間の奇跡
青塚美穂　小説　スニッファー　嗅覚捜査官
青塚美穂／深谷かほる・原作　カンナさーん！小説版
蒼月海里　水晶庭園の少年たち
青羽　悠　星に願いを、そして手を。
青柳碧人　家庭教師は知っている
青山七恵　めぐり糸
赤川次郎　駆け落ちは死体とともに
赤川次郎　毒 POISON
赤川次郎　払い戻した恋人
赤川次郎　あの角を曲がって
赤川次郎　湖畔のテラス

赤川次郎　ウェディングドレスはお待ちかね
赤川次郎　ベビーベッドはずる休み
赤川次郎　グリーンライン
赤川次郎　哀愁変奏曲
赤川次郎　スクールバスは渋滞中
赤川次郎　ホーム・スイートホーム
赤川次郎　午前0時の忘れもの
赤川次郎　プリンセスはご・入・学
赤川次郎　ネガティヴ
赤川次郎　回想電車
赤川次郎　影に恋して
赤川次郎　聖母（マドンナ）たちの殺意
赤川次郎　呪いの花園
赤川次郎　試写室25時
赤川次郎　秘密のひととき
赤川次郎　マドモアゼル、月光に消ゆ

赤川次郎　神隠し三人娘　怪異名所巡り
赤川次郎　その女（ひと）の名は魔女　怪異名所巡り2
赤川次郎　復讐はワイングラスに浮かぶ
赤川次郎　サラリーマンよ　悪意を抱け
赤川次郎　哀しみの終着駅　怪異名所巡り3
赤川次郎　吸血鬼はお年ごろ
赤川次郎　吸血鬼株式会社
赤川次郎　死が二人を分つまで
赤川次郎　吸血鬼よ故郷を見よ
赤川次郎　厄病神も神のうち　怪異名所巡り4
赤川次郎　吸血鬼のための狂騒曲
赤川次郎　砂のお城の王女たち
赤川次郎　吸血鬼は良き隣人
赤川次郎　駆け込み団地の黄昏
赤川次郎　吸血鬼が祈った日
赤川次郎　お手伝いさんはスーパースパイ！

集英社文庫　目録（日本文学）

- 赤川次郎　不思議の国の吸血鬼
- 赤川次郎　秘密への跳躍　怪異名所巡り5
- 赤川次郎　吸血鬼は泉のごとく
- 赤川次郎　吸血鬼と死の天使
- 赤川次郎　湖底から来た吸血鬼
- 赤川次郎　吸血鬼愛好会へようこそ
- 赤川次郎　恋する絵画　怪異名所巡り6
- 赤川次郎　青きドナウの吸血鬼
- 赤川次郎　吸血鬼と切り裂きジャック
- 赤川次郎　忘れじの吸血鬼
- 赤川次郎　暗黒街の吸血鬼
- 赤川次郎　とっておきの幽霊　怪異名所巡り7
- 赤川次郎　吸血鬼と怪猫殿
- 赤川次郎　吸血鬼は世紀末に翔（と）ぶ
- 赤川次郎　吸血鬼と死の花嫁
- 赤川次郎　吸血鬼はお見合日和（みあいびより）
- 赤川次郎　東京零年
- 赤川次郎　吸血鬼と栄光の椅子
- 赤塚祝子　無菌病室の人びと
- 赤塚不二夫　人生これでいいのだ!!
- 阿川佐和子／檀ふみ　ああ言えばこう食う
- 阿川佐和子／檀ふみ　ああ言えばこう嫁行く
- 秋本治・原作　小説こちら葛飾区亀有公園前派出所
- 秋元康　7秒の幸福論
- 秋元康　42個の恋愛論
- 秋元康　恋はあとからついてくる
- 秋山裕美／山口マオ　元気が出る50の言葉
- 芥川龍之介　地獄変
- 芥川龍之介　河童（かっぱ）
- 阿久悠　無名時代
- 朝井リョウ　桐島、部活やめるってよ
- 朝井リョウ　チア男子!!
- 朝井リョウ　少女は卒業しない
- 朝井リョウ　世界地図の下書き
- 朝倉かすみ　静かにしなさい、でないと
- 朝倉かすみ　幸福な日々があります
- 浅暮三文　百匹の踊る猫　刑事課・亜坂誠 事件ファイル001
- 浅暮三文　無敵犯　刑事課・亜坂誠 事件ファイル101
- 浅暮三文　困った死体
- 浅田次郎　鉄道員（ぽっぽや）
- 浅田次郎　プリズンホテル 1 夏
- 浅田次郎　プリズンホテル 2 秋
- 浅田次郎　プリズンホテル 3 冬
- 浅田次郎　プリズンホテル 4 春
- 浅田次郎　闇の花道　天切り松 闇がたり 第一巻
- 浅田次郎　残侠　天切り松 闇がたり 第二巻
- 浅田次郎　初湯千両　天切り松 闇がたり 第三巻
- 浅田次郎　活動寫眞の女

集英社文庫

家庭教師は知っている

2019年3月25日　第1刷　　定価はカバーに表示してあります。

著　者　青柳碧人
発行者　徳永　真
発行所　株式会社　集英社
東京都千代田区一ツ橋2-5-10　〒101-8050
電話　【編集部】03-3230-6095
【読者係】03-3230-6080
【販売部】03-3230-6393（書店専用）

印　刷　凸版印刷株式会社
製　本　加藤製本株式会社

フォーマットデザイン　アリヤマデザインストア　　マークデザイン　居山浩二

ISBN978-4-08-745856-5 C0193